수상한 이모티콘
꿈은 이루어진다

수상한 이모티콘, 꿈은 이루어진다

청소년 성장소설 십대들의 힐링캠프, 진로

[십대들의 힐링캠프®] 시리즈 NO.71

지은이 | 이소희
발행인 | 김경아

2023년 10월 17일 1판 1쇄 인쇄
2023년 10월 25일 1판 1쇄 발행

이 책을 만든 사람들
책임 기획 | 김경아
기획 | 김효정
북 디자인 | KHJ북디자인
표지 삽화 | 캐롤마인드
경영 지원 | 홍종남
기획 어시스턴트 | 홍정훈, 한선민, 박승아
제목 | 김경아
책임 교정 | 이홍림
교정 | 주경숙, 김윤지

이 책을 함께 만든 사람들
종이 | 제이피씨 정동수 · 정충엽
제작 및 인쇄 | 천일문화사 유재상

청소년 기획위원
정가인, 양태훈, 양재욱

펴낸곳 | 행복한나무
출판등록 | 2007년 3월 7일. 제 2007-5호
주소 | 경기도 남양주시 도농로 34, 301동 301호(다산동, 플루리움)
전화 | 02) 322-3856 팩스 | 02) 322-3857
홈페이지 | www.ihappytree.com | bit.ly/happytree2007
도서 문의(출판사 e-mail) | e21chope@daum.net
내용 문의(지은이 e-mail) | surryhi@naver.com
※ 이 책을 읽다가 궁금한 점이 있을 때는 지은이 e-mail을 이용해 주세요.

ⓒ 이소희, 2023
ISBN 979-11-88766-72-2
"행복한나무" 도서번호 : 173

수상한 이모티콘
꿈은 이루어진다

| 이소희 지음 |

Thirty percent

행복한
나무

차례

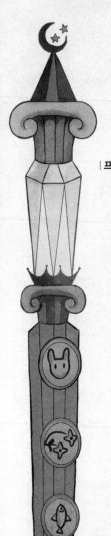

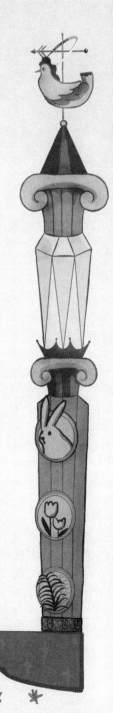

내 꿈은 이모티콘 작가!

"엄마~ 진짜 안 돼?"

"응, 안 돼."

"아~ 엄마, 진짜진짜 안 되는 거야?"

"안 된다고 몇 번을 말해. 안 돼!"

엄마는 소파에서 나와 멀찌감치 거리를 띄운 채 떨어져 앉았다.

그래도 아쉬운 건 나니, 다시 엄마 옆으로 가서 붙었다.

"어머니, 꼭 제게 필요해요. 플리즈!"

"아니, 노트북도 있는데 패드가 왜 또 필요하냐고?"

"그림 그리려면 패드가 따로 필요해. 엄마~아~"

"그림은 종이에다가 그리면 되지. 꼭 패드에 그려야 하는 거 아니잖아?"

'이모티콘 그리려면 패드가 필요하다고요!'

막 퇴근해 들어오시던 아빠가 한소리를 하셨다.

"나 왔어, 여보. 근데 집이 왜 이렇게 시끄러워?"

엄마는 아빠 얼굴을 보더니 반가운 기색이다. 내가 패드를 사달라고 종일 조르고 있다는 말을 시작으로, 못 살겠다는 말로 끝내셨다. 치!

"미소야, 패드가 왜 필요한 거야?"

아빠는 내 말을 들어주실까?

"아빠, 요즘엔 친구들이 무겁게 책 안 들고 다니고 패드에 교과서 내용 담아서 넣고 다녀. 그리고 필기도 패드로 하고. 얼마나 산뜻하고 좋아. 난 종이책으로 들고 다니니 무겁단 말이야. 그리고……."

"그래, 그리고?"

침을 꿀꺽 삼켰다.

"패드로 그림도 쉽게 그릴 수 있어서 좋다고요."

아빠의 눈치를 살폈다. 사주시려나?

"패드 가격이 얼마나 되는데?"

아싸! 아빠는 넘어오기 직전이다.

"아빠, 안 비싼 거는 40~50만 원대에 살 수 있어요."

"야, 김미소. 뭐? 안 비싼 거는? 40만 원은 하늘에서 그냥 떨어지냐? 저것이 세상 물정도 모르고."

엄마는 아빠가 있어서인지 아까보다 목소리가 더 컸다.

그런데 아빠는 뜻밖의 말을 했다.

"이렇게 하면 어때?"

엄마와 난 둘 다 아빠의 얼굴을 간절히 쳐다보았다.

"미소가 이번에 기말고사 시험 잘 보는 조건으로 패드 사주는 걸로. 어때?"

엄마는 웃었고, 난 실망했다.

"너무 좋은 생각이다. 미소야, 그렇지? 여보, 어쩜 그런 생각을.

미소, 지난번 중간고사 때 폭망했던 과학 점수 90점 이상으로 올리기! 오케이?"

아니, 과학 점수가 90점! 90점……. 될까?

"85점……."

"아니, 90점 이상이야! 그렇게 원하던 패드 사줄 테니 그 정도의 노력은 해야지."

"만일…… 만일 90점 이상 과학 점수 안 나오면 어떻게 되는 거야?"

"압수지. 그날로 중고마켓에 팔아버린다."

헉.

그렇게 해서 패드는 지금 내 손에 들어왔다.

패드를 들고 다니면 당연히 가방이 가벼워진다는 이유도 있었지만, 필요했던 진짜 이유는 사실 따로 있다.

이모티콘! 이모티콘 그림을 그리고 싶었다.

난 요즘 이모티콘에 빠져 있다.

이모티콘 그림을 그리려면 패드가 필수다. 또 이모티콘 그림을 그리려면 필요한 앱을 깔고 활용 방법을 익혀야 하는데, 내가 좋아하는 이모티콘 작가님이신 이슬아 작가님 유튜브를 보고 대충 알아두었다.

내가 그린 귀여운 캐릭터 이모티콘을 사람들이 사용하면서 행복해한다면?

상상만 해도 너무 좋다.

또 그 이모티콘을 사용하는 사람들에게 말하고 싶다. 꼭!

"그거 정말 열심히 그린 거예요! 바로 제가요!"라고 말이다. 크크.

그래서 요즘 패드에 앱을 깔고 이것저것 기능들을 이용해 보고, 막히면 작가님의 유튜브를 보고 연습하고 있다.

그런데 막상 이모티콘을 만들려고 하니 생각보다 쉽지 않아서, 몇 개씩 그려보고 지우기를 반복하는 중이다. 우수한 그림 실력보다는 그리고 싶은 캐릭터의 콘셉트! 그 콘셉트가 중요하다고 하는데, 뭔 말인지는 알지만 사실 쉽지 않다.

> "그래서 카카오톡 이모티콘 작가 하지 말라는 말인가요?"

이슬아 작가님의 목소리가 유튜브에서 흘러나온다. 이모티콘 캐릭터를 잘 그려도 플랫폼 심사에서 승인받을 확률은 높지 않다는 것을 설명하면서 하는 말이었다.

"아니요, 절대 아니에요. 저 해볼래요!"

"그리고 한 달에 플랫폼에 이모티콘이 제안되는 숫자는
8,000~10,000건 정도로 추측돼요."

"그렇게나 많이요?"

혼자 대답하다 깜짝 놀랐다. 이모티콘 작가가 되고 싶은 사람이 그렇게나 많을 줄이야!

'혼자 하는 건 조금, 아니 많이 힘들긴 해요. 그래도 저, 해볼래요. 이모티콘 작가!'

예성학교 입성하다!

1

"띵띵띵띵~ 띵띵띵띵~"

"아싸아~!"

"누구냐? 아직 수업 안 끝났는데, 아싸라고 한 녀석이?"

"아~ 선생님, 4교시 마치는 종 울렸잖아요. 급식실 멀어서 빨리 가야 한단 말이에요."

"그건 인정, 수업 끝. 회장?"

"넵, 차렷. 인사."

"사랑합니다, 선생님."

"그래, 사랑한다, 이것들아!"

점심시간을 알리는 종소리가 울렸다.

2학년이 있는 우리 건물은 급식실에서 멀기 때문에, 4교시 마치는 종소리가 나면 잽싸게 뛰어야 한다.

1초라도 먼저 급식 줄을 서기 위한 예비 작업이랄까?

우물쭈물하다 늦으면 3학년들과 마주치는데 그건 정말 별로다.

"미소, 준비됐나?"

"준비됐다. 뛰어!"

채민이 대답 따위는 듣지도 않고, 나는 "뛰어"라는 말을 내뱉으면서 동시에 달리기 시작했다.

"치사하게 시작이란 말도 없이 뛸래? 야, 김미소!"

뒤에서 고래고래 고함을 치는 채민이 목소리가 들린다.

그러거나 말거나 뛰는데, 다리의 스텝이 꼬이면서 하마터면 구를 뻔했다.

뒤에서 그냥 웃는 건지 비웃는 건지 알 수 없는 채민이의 소리가 들려왔다.

"그러게 왜 뛰냐고? 초딩도 아니고."

"쪽팔려. 본 애들 없지? 10분만 지나면 3학년들 오잖아. 얼른 급식실 가야지."

"그럼, 이 언니 손잡고 같이 뛰어가야지, 혼자 의리 없이 뛰니깐 벌받은 거야."

"치."

채민이가 내 손을 잡고 급식실로 재빠르게 걸었다.

이미 급식 줄이 늘어서 있었고, 우리도 자리를 잡고 줄을 섰다.

그런데 배식대 앞쪽에서 웅성대길래 목을 길게 빼고 앞을 이리저리 살펴보던 난 그만 흥분해서 소리를 질렀다.

"야, 야, 저거 봐봐."

"맞다. 오늘 후식 구슬 아이스크림이지. 대박~ 김미소 완전 좋아하는 건데."

"말해 뭐해. 어쩐지 오늘따라 빨리 오고 싶더라."

게다가 내가 제일 좋아하는 초코맛 구슬 아이스크림이라니!

급식 선생님께 초코맛을 달라고 해서 받은 구슬 아이스크림 앞에서 난 그저 황홀했다.

급식을 다 먹고 채민이와 교실로 걸어가며 아이스크림을 먹었다.

조금 녹긴 했지만 뭐 어때? 이렇게 달콤한데.

역시 우리 학교는 너무 좋다.

다른 학교 친구들 얘기를 들어보면 급식도 대부분 맛이 없다고 하던데, 우리 학교는 급식도 맛있고, 후식도 진짜 잘 나오는 편이다.

오죽하면 애들 사이에서 급식이 맛있어서 우리 학교로 전학을 오고 싶다는 말이 있을 정도니깐.

하지만 어림도 없는 소리다.

그건 애들이 우리 학교 교육과정이 얼마나 빡센지 모르고 하는 소리다.

예성학교는 예술중학교이기 때문에 다른 일반 중학교와는 교육과정이 많이 다르다. 급식이 맛있다고 그냥 올 수 있는 곳이 아니라는 말씀!

난 6학년 때 예중 입시를 뒤늦게 준비했지만, 다행히 우리 학교에 합격할 수 있었다. 일반 중학교와는 달리 면접까지 준비해야 해서 다른 친구들보다 입학 소식이 늦었지만, 합격했다는 연락을 받고는 뛸 듯이 기뻤다. 내가 좋아하는 미술 공부를 제대로 할 수 있다는 이유만으로도 가슴이 터질 듯이 벅찼다.

그리고 새로운 친구들까지.

특히 채민이처럼 나와 잘 맞는 친구를 만나서 학교에서의 하루하루가 행복했다.

영혼의 단짝이랄까?

우선 그림 그리기를 좋아하고, 예쁜 것을 보면 참지 못하고 사진 찍어 인스타그램에 올리기 좋아하지만, 나름 소심 관종이라 심하게 나대지는 않는 성향까지 똑같다.

아마 MBTI 검사를 해보면 채민이와 난 100% 똑같을 거라는 데 모든 걸 수 있다.

그런 채민이와 미술과에서 함께 공부하기에 학교생활은 너무나 만족스러웠다.

게다가 내가 희망하는 이모티콘 작가가 될 수 있는 기본기도 탄탄히 다질 수 있으니 말이다. 아직 누구에게도 말하지 않은 비밀이지만.

"미소야, 저기 배구 하는 3학년 오빠들 너무 멋지지 않냐?"

"글쎄다."

"아, 뭐 남친 있으신 미소 씨는 다른 남자들에게는 관심이 없으시겠지요. 암요. 근데 미소야, 저~기 저 오빠 어때? 빨리 봐봐 좀."

"누구? 지금 막 상대 코트로 공을 친 검은 뿔테 안경 낀 저 오빠 말하는 거야?"

"응, 너무 잘생겼지 않니? 뭘 먹어서 저렇게 잘생겼다니."

채민이가 내 팔을 마구 흔들어대면서 가리키는 그 오빠는 확실히 잘생기긴 했다.

"나쁘진 않네."

"저 정도면 나쁘지 않은 게 아니지, 얼굴을 좀 자세히 보란 말이야. 저 오빠 무슨 과인지 알아내야 하는데. 음악과인가? 우리 미술과에서는 본 적이 없잖아. 그치? 근데 무슨 수로 알아내냐? 요즘 최대 고민이야."

"그럼 가까이 가서 엿들어 볼까? 말하는 거 들으면 어쩜 알 수도 있지 않을까?"

"오~ 좋은데, 가자."

채민이와 난 죄를 지은 것도 아닌데, 최대한 몸을 낮추고 허리를 숙인 상태로 3학년들이 배구를 하는 운동장 쪽으로 살금살금 게걸음 자세로 다가갔다.

바로 그때였다.

"야, 김미소, 신채민. 급식 잘못 먹었냐? 둘 다 왜 그렇게 걷는 건데?"

중요한 순간에 큰 소리로 부르는 우리 반 회장 박똥.

박똥은 얼핏 보면 잘생긴 편이고 키도 그만하면 괜찮은데 입이 말썽이다.

인정하고 싶진 않지만, 공부는 잘하는 편이니 공부로는 깔 게 없다.

하지만 이상하게 그놈의 입만 열면 모범생의 이미지를 스스로 깎아먹는다.

뭐 하나 말할 구실만 있으면 끊임없이 수다를 떨어댄다.

지난번 모둠별 발표를 준비할 때도 제대로 안 한다고 얼마나 잔소리를 하는지 귀에서 피가 나는 줄 알았다.

원래는 박동찬이지만 우리 반 누구도 동찬이라고 부르지 않는다.

눈치 없이 크게 부르는 소리에 채민이와 난 둘 다 집게손가락을 입 앞에 댄 채 쉿, 하고 박똥에게 경고했다. 박똥은 눈이 휘둥그레졌다.

"아이스크림을 잘못 먹었나, 왜 그래?"

다급했던 채민이가 그 순간 한 손으로는 박똥의 입을 막으면서, 다른 한 손으로는 한 번 더 경고의 제스처를 했다.

그러자 박똥은 얼굴이 벌게지면서 코를 벌렁벌렁했다.

채민이 손을 거칠게 잡아떼더니 손은 씻었냐느니, 도대체 무슨 일인지 말로 하면 될 것이지 이게 뭐 하는 짓이냐며 채민이 마음도 모른 채 계속 크게 떠들어댔다.

그 사이에 배구를 하던 3학년 오빠들은 우리 쪽을 한 번 보더니 들어갈 준비를 하고 있었다.

"갔네, 갔어. 아, 오늘은 꼭 알고 싶었는데. 망했다."

"그러게."

그러더니 채민이는 박똥 쪽으로 눈을 부라리면서 쏘아붙였다.

"너 때문이야. 박똥!"

"내가 뭘 어쨌는데, 도대체 무슨 일인지 나도 좀 알자."

박똥은 나를 쳐다보았고, 채민이는 2학년 건물 방향으로 신경질을
내며 먼저 뒤돌아갔다.

"눈치 없는 것아!"

나도 이 말만 남기고 뒤돌아서서 채민이에게 달려갔다.

뒤에서 씩씩거리는 소리가 들려서 힐끔 보니 박똥의 얼굴은 아까
보다 더 벌게졌다.

나와 눈이 마주친 박똥은 오른손을 귀 옆에 댄 채 미쳤냐는 손짓을
했다.

그러거나 말거나 나는 획 돌아섰다.

"박똥 얼굴 완전 빨간데. 우리 박똥한테 너무한 거 아니야?"

"너무하긴 뭘 너무해. 눈치 없이 하필 그 순간에 나타날 건 뭐냐
고?"

"그건 그래."

"미소야, 남친 있는 네가 어떻게 내 마음을 알겠니."

"얘기가 왜 또 그쪽으로 가냐?"

"암튼 그렇다고. 너 민호라는 남친이랑 6학년 때부터 만났다고 하지 않았어?"

"응. 맞아……."

교실로 올라가는 길목에는 등나무가 있다.

여름이 다가와서일까? 등나무꽃이 피어서 좋은 향기가 났다.

딱 2년 전 피구 시합 날, 민호를 보고 내 가슴이 주체할 수 없이 뛰었던 계절이 어느새 돌아왔다.

"남친 얘기해 주라, 미소야."

"근데, 채민아. 점심시간이…… ."

"띵띵띵띵~ 띵띵띵띵."

"벌써 끝난 거야? 뛰자!"

이번엔 채민이가 교실로 먼저 뛰기 시작했다.

따라 뛰려는 순간 등나무꽃 향기가 코를 간지럽혔다.

학교에는 스탠드 계단 위로 등나무꽃이 심겨 있다. 막 더워지기 시작한 5월 한낮의 뜨거운 햇볕을 막아주기 때문에, 점심을 먹고 나면 아이들이 삼삼오오 모여 등나무꽃 그늘 아래에서 수다를 떨곤 했다.

알싸한 특유의 진한 향기를 맡으면서 나도 뛰기 시작했다.

오늘따라 구름 한 점 없이 날씨가 맑다.

2
손잡기 말고 뽀뽀하기

패드에 종이 질감이 느껴지는 필름을 붙이니 역시 이모티콘 그리기가 편했다.

마치 도화지에 그림을 그리는 듯한 질감을 줘서 사각거리는 느낌이 꽤 괜찮은 것 같다.

이모티콘 밑그림은 대충 어제 그려놨고, 이제 외곽선이 있는 그림으로 그려볼 예정이다.

밑그림 레이어 불투명도를 낮춰주고, 브러시는 신중히 드라이 잉크로 골라 막 그리기 시작했을 때였다.

"뭐해? 딸."

"깜짝이야. 엄마! 놀랐잖아. 진짜!"

"불렀는데도 못 듣던데. 어? 뭘 감추는 거야? 수상한데."

패드 옆에 아무렇게나 놓여 있던 영어 문제집을 덮어 그리던 이모티콘을 어설프게 가렸다.

"수, 수상하긴 뭐가 수상해. 그리고 불러도 못 들으면 노크를 더 크게 해야지, 막 그냥 들어오면 어떡해!"

"딸 방에 들어가는데, 그렇게까지 해야 해?"

"당연하지, 이제 우리 프라이버시를 좀 지키자고요. 아무리 가족이라 해도 말이죠."

"엄마 귀에는 서운하게 들리네, 그 프라이버시라는 단어가. 참, 아빠가 마카롱 사왔는데, 먹으라고."

"알겠어."

뒤돌아서는 엄마를 보고선 살짝 영어 문제집을 치우려는 순간, 문을 닫던 엄마가 다시 문을 빼꼼히 열어젖혔다.

"사실 뭐 그리는지 엄마는 다 봤다, 김미소. 그거 이모티콘 아냐? 잘 그렸던데."

"아 진짜, 엄마! 아직 비밀이라고."

"벌써 봤는데 어쩌라고?"

엄마는 내가 아직도 어린아이인 줄 안다. 노크도 없이 문을 벌컥 열고.

미완성인 이모티콘 그림을 이렇게 보여주고 싶진 않았는데 말이다.

완성한 뒤 인스타그램에 제일 먼저 짜짠, 하고 올리고 싶었는데, 김빠지게 엄마가 먼저 봐버렸다.

아오~ 못살아. 진짜!

그때였다.

민호가 카톡을 보내왔다.

> 👎 미소미소^^ 뭐 해?

> 💬 과제 때문에 그림 그리는 중.

> 👎 아까 학원에서도 그린다고 하지 않았어?

> 💬 학원에서 그린 건 고입 대비 연습 그림이고, 이건 다른 거.

> 👎 그럼 뭐 그리는 중? :)

> 💬 아직 비밀이얌.

> 👎 치 ㅠㅠ

'미안하지만 너한테도 비밀이야. 민호야.'

> 👎 이번 주 토요일에는 보는 거지? 네가 보고 싶다고 했던 그 영화
> 꼭 보자구.

> 💬 ㅇㅇ

> 👎 미술학원 마치면 톡해.

> 💬 ^^

휴~ 알 수 없는 한숨이 나왔다.

민호는 2년 전이나 지금이나 똑같다.

다정하고 심지어 착하기까지. 하지만…… 뭔가 아쉽다.

아니, 문제는 바로 나다.

민호의 'ㄴㄴㅈㅇㅎ' 카톡을 받은 2년 전 그날, 난 심장이 터지는 줄 알았다.

믿었던 친구들을 잃고 세상이 무너지는 아픔을 겪은 내게 민호는 정말 없어서는 안 될 존재였다.

내 잘못이 아니라며 내 편에서 이해해 주고, 지켜줬던 민호가 없었으면 열세 살 김미소는 아마 더 암울했을 것이다.

있는 그대로의 나를 받아준 민호는 그때부터 지금까지, 내가 힘들 때 곁을 지켜준 남자친구다.

하지만 지금은 열세 살이 아니다.

더 이상 초딩이 아니라는 말이다.

열다섯 살…….

손잡는 것, 딱 거기까지만 하는 민호가 요즘 답답하기까지 하다.

친구들을 보면 남자친구와 스킨십 정도는 뭐 자연스럽게 한다.

같은 반 친구 민지 인스타에는 럽스타그램 피드가 가득했다.

뽀뽀까지는 자연스럽게 다들 하던데. 민호랑은 뽀뽀는커녕 그 비슷한 시도도 하지 못했다.

벌써 2년이나 사귀었는데……. 뽀뽀도 아직 못 해봤다면 아마 친구들이 비웃을 것만 같다.

민호와 나, 우리가 사귀는 사이가 맞나? 혹시 그냥 계속 썸만 타는 사이가 아닐까?

이런 생각이 요즘 든다.

정작 민호는 아무 생각도 없는데 나 혼자만 이런 생각을 하는 게 자존심 상하기도 해서, 머리를 흔들며 잊어버리려 해도 민호 얼굴이 떠나지 않는다.

'음란 마귀야, 물러가! 제바알~!'

드디어 토요일, 미술 학원에서 정신없이 그림을 그리다 보니 어느새 마칠 시간이다.

민호를 만나 보고 싶었던 영화를 보기로 했지만, 어쩐지 기분이 별로다.

사실 영화를 볼 기분도 아니지만, 너무 제멋대로인 것 같아 차마 민호에게 영화를 보지 말자는 말은 하지 않았다.

게다가 예보에도 없던 비가 내린다.

아우 씨……. 우산도 안 가지고 왔는데.

1층에 도착해 문이 열린 엘리베이터 바로 앞에는 민호가 서 있었다.

"미소야."

"응. 우산 있네?"

"아, 우산? 집에서 나오는데 꼭 비가 올 것 같아 갖고 왔지. 나 잘했지?"

"응."

"그게 다야? 잘했다고 칭찬해 줘야지."

"그래, 잘했네."

"무슨 일 있어?"

민호는 어리둥절한 표정을 지었다.

해맑은 눈으로 나를 바라보는데, 내 마음을 있는 그대로 솔직하게 말할 순 없었다.

저런 눈으로 날 바라보는 민호에게 뽀뽀하고 싶다는 말은, 뽀뽀해 주지 않는 너에게 살짝 삐졌다는 말은 차마 할 수가 없다.

'난 나쁜 아이야. 진짜 미쳤나 봐.'

며칠 전까지 보고 싶었던 마블 영화였지만, 보는 내내 영화 내용이 눈에 하나도 들어오지 않았다.

영화 상영 내내 곁눈질로 민호의 옆모습만 힐끔 볼 뿐이었다.

민호는 영화가 재밌는지 스크린에서 눈을 떼지 않았는데, 난 무슨 내용인지 1도 신경 쓰이지 않았다.

팝콘을 잡느라 민호와 손끝이 닿을 때면 뭔가 찌릿한 느낌만 들 뿐.

아무래도 나에게 음란 마귀가 단단히 씌인 듯하다.

'김미소, 안 돼. 정신 차려!'

"뭐 먹고 싶어? 점심도 제대로 못 먹었다며."

"글쎄. 아무거나."

"오늘 우리 미소 씨가 기분이 아주 별로인 것 같네. 왜 그럴까?"

그제야 땅만 보던 얼굴을 들어 민호를 제대로 봤다.

우산 하나를 들고 날 씌워주느라, 그것도 비를 덜 맞게 해주려고 우산을 내 쪽으로 기울이는 바람에 민호의 한쪽 어깨가 젖어 있었다. 그모습이 그제야 뒤늦게 눈에 들어왔다.

"민호야, 오른쪽 어깨 다 젖었어. 어떡해. 나 때문에 비나 맞고."

"아, 이거 땀이야. 땀. 아까 영화관에서 난 좀 더웠거든. 밖에 나오니깐 이제 괜찮네. 야, 김미소. 너 왜 울어?"

나도 모르게 눈물이 볼을 타고 흘러내린 모양이다.

'이 바보야, 땀은 무슨 땀이야? 너 자꾸 이렇게 착해빠져서 울게 할래? 너 때문에, 바보 같은 내게 너무 잘해줘서 눈물이 나는 거야. 바보……'

"민호야, 나한테 잘해주지 마. 난 그럴 자격이 없는 것 같아. 훌쩍."

"김미소, 오늘 너 진짜 이상한 거 알지? 무슨 일인지 말해야 알 거아니야."

"……"

'난 죽어도 말 못 해. 이젠 손잡기 말고 뽀뽀하자는 말, 내 입으로 하기는 싫다고! 네가 그렇게 해주면 좋겠다는 그 말, 난 못 한다고!'

그건 내 마지막 자존심이다.

내 눈치만 보는 민호가 안돼 보여서 억지로 쥐어짜 웃어 보였다.

민호 눈에 내가 얼마나 이상하고 한심해 보일까 생각하니 한숨이 저절로 나왔다.

저녁으로 좋아하는 떡볶이를 먹고 나오니 비는 다행히 그쳐 있었다.

떡볶이 가게를 나오면서 민호는 오른손에 우산을 들고, 왼손으로는 내 손을 잡으며 날 쳐다봤다.

너무나 편안하게 내 손을 잡아주는 민호를 보면서 온갖 생각이 다 들었다.

"그, 그만 봐. 왜 그렇게 빤히 쳐다봐?"

"예뻐서 보지, 당연한 걸 왜 물어봐."

"내가 진짜 예뻐 보여?"

"오늘따라 진짜 이상한데."

이상하겠지.

당연히 이상하겠지.

아무 일도 없다는데, 기분은 계속 다운되어 있지, 게다가 한술 더 떠서 삐딱하게 말하지, 내가 민호라도 어이가 없겠지만 착한 민호는 이런 내게 화조차 내지 않으니 환장할 노릇이다.

근데 여자 친구가 예뻐 보이면 막 뽀뽀하고 싶지 않을까? 손잡는 것보단.

민지가 분명히 어제 청소 시간에 열과 성의를 다해서 말했다.

"남자애들은 진짜로 좋아하는 여친 생기면 다 손잡고, 뽀뽀하고 싶어 한다고."

"좋아한다고 꼭 뽀뽀하는 건 아니잖아. 그러니깐…… 예를 들면 손만 잡을 수도 있는 거 아니야?"

"이 답답아, 초딩도 아닌데 그걸 말이라고 하냐? 넌 민호랑 사귄 지 2년도 넘었다면서 그런 현실성 떨어지는 말을 하냐? 너, 설마 아직도 뽀뽀도 못 해본 거 아니지? 김미소."

"아니, 아니야! 그냥 예를 들어 그렇다는 거지. 넌 무슨……."

"그렇지? 그럴 리가 없지. 2년 동안 사귀면서 뽀뽀도 안 해봤다는 건, 말도 안 되는 이야기지. 그건 남친이 널 진짜 좋아하는 게 아닐 수도 있다는 뜻이야."

"그, 그렇지."

남친이 진짜 좋아하는 게 아닐 수 있다는 민지의 확신에 찬 말과 채민이의 순진한 눈 앞에서 난 차마 솔직히 말할 수 없었다.

민호와는 아직도 손만 잡는다고.

스킨십에 대해 정말로 아무 생각이 없는 건지, 이제는 내가 편해서 뽀뽀 같은 스킨십은 하고 싶지 않은 건지 너무 궁금하다.

어떻게 해야 이상하지 않게 내 마음을 민호에게 전할까?

이제는 손잡기 말고 뽀뽀하고 싶다고! 너랑!

3
이모티콘 작가 이슬아 선생님

교실 앞문이 쿵 소리와 함께 벌컥 열렸다.

박똥은 뛰었는지 숨이 찬 목소리로 교실을 둘러보고는 교탁 앞에 섰다.

"선생님이 이번 주 목요일 진로 체험 시간에 이모티콘 작가 이슬아 선생님이 오신다고 너희들한테 전하라고 하셨어. 아까 조회 시간에 잊으셨다면서. 혹시 작가님한테 궁금한 게 있는 사람은 질문 준비해도 된다고 하셨고. 난 분명히 전했다."

남자애들은 박똥이 무슨 말을 하든지 말든지 관심도 없었지만, 난 눈이 휘둥그레질 만큼 놀랐다.

"뭐? 대박~ 이슬아 작가님이 우리 학교에 오신다고? 세상에!"

이슬아 작가님은 내가 제일 좋아하는 이모티콘 작가이고, 이미 유명한 분이다.

그런 분이 우리 학교에 오신다니!

작가님의 인스타그램에 들어가본 적이 있었는데, 팔로워가 5만 명도 넘었다.

만드신 이모티콘을 주로 피드에 올리셨는데, 하나같이 다 귀엽기만 했다.

게다가 얼마 전에는 유튜브도 시작해서 인스타그램을 볼 때마다 팔로워는 더 늘어 있었다.

"그 이슬아 작가님, 유명해?"

"어디 가서 그런 말 하지 마라. 무식하단 소리 듣는다. 박똥아."

"말 그따위로 할래, 신채민."

"공부만 열심히 하는 엄친아 박똥 회장님은 잘 모르시겠지만, 이슬아 작가님 요즘 핫해. 그것도 엄청. 암튼 네가 알건 말건 끝내주는 분이시니깐 모르면 입을 다물던지요."

"내가 말을 말아야지. 진짜."

씨씩대면서 멀어지는 박똥을 보면서 나는 채민에게 조심스럽게 말했다.

요즘 채민이가 박똥에게 말하는 수준은 아예 한번 제대로 걸리면 싸우겠다는 시비조다.

"너 요즘 박똥한테 심해."

"심하긴 뭐가 심하냐? 말하는 꼬라지하고는. 무식하다니깐."

"박똥이 우리 반에서 일등인데, 뭐가 무식하냐. 말은 바로 해야지. 혹시 너 박똥한테 관심 있는 거 아니지? 영 이상해."

"음, 음, 그런가? 어쨌든 이슬아 작가님이 누군지도 모르고, 무식한 거 맞잖아? 설마 내가 박똥 좋아해서 일부러 오버하는 거라고 생각하면 큰 착각이다. 너."

"아니지. 그럼그럼, 그럴 리가 없지."

"암, 그럴 리가."

난 채민이 팔짱을 낀 채 미술실 쪽으로 갔다.

다음 시간은 미술 실기 수업이다.

예성은 예술학교 특성상 애들이 작품이나 악기를 들고 다니기 때문에 내부가 계단이 아니라 경사로로 되어 있다.

이건 자칫하면 넘어지기 좋다는 뜻이다.

얼마 전에 나도 급식실로 뛰다 스텝이 꼬이는 바람에 넘어질 뻔했다.

같은 반 남자애들이 보기라도 했다가는 2박 3일 놀림감이 되고 만다.

실기 교실에 들어선 뒤, 지난 시간에 스케치만 해두었던 그림을 이젤에 올렸다.

부족한 물감도 팔레트에 쭉 짰다.

이상하게 팔레트에 물감이 알맞게 채워져 있으면 기분이 좋다.

물감 냄새까지 쓱 한 번 맡으면 그림 그릴 준비는 끝이다.

그러다 박똥과 눈이 마주쳤는데, 아직까지 별로 기분이 좋지 않은 듯싶었다.

이상하게 둘이 영 신경 쓰인단 말이지! 수상해, 아무튼.

시간은 흘러, 어느새 이슬아 작가님이 오신다는 목요일 아침이 되었다.

여름이 다가왔는지 교문 옆으로 장미꽃이 예쁘게 피었다.

'장미꽃이 이렇게 예쁠 일이야?'

감탄하면서 휴대폰을 꺼내 카메라로 장미꽃을 찍었다.

빨간색과 분홍색, 노란색 장미꽃이 카메라에 담고 싶을 만큼 화려하게 피어 '나 좀 찍어줘' 하는 것만 같았다.

주위에 누가 오는지 살핀 뒤, 카메라를 셀카 모드로 돌려 장미꽃 옆에 내 얼굴을 들이댔다.

장미꽃만큼은 아니지만, 장미꽃과 함께 찍은 내 셀카 사진을 오늘 인스타그램에 올리고 싶었다.

가식적인 웃음을 장착하고 '스마일' 하면서 연달아 세 번을 찍었다.

당연히 셀카를 예쁘게 찍어주는 앱을 이용해서 찍어댔다.

"장미꽃 사이에 어울리지 않게 호박꽃이 하나 있냐?"

"깜짝이야, 놀랐잖아."

"잘못한 거 있냐? 놀라긴."

진짜 놀라서 하마터면 손에서 휴대폰을 떨어뜨릴 뻔했다.

소담이였다.

내가 놀라는 모습을 보곤 소담이는 피식 웃었다.

'도대체 뭐가 웃긴 거야?'

평소 교실에서 크게 말하는 것을 본 적이 없을 정도로 존재감이 없는 아이였다.

무슨 생각을 하는지 알 수 없는 무표정한 얼굴을 늘 하고 있었고, 말도 없었기에 구태여 내 쪽에서 먼저 말을 걸어본 적도 없었다.

그런 소담이가 셀카 찍는 내 모습을 보고 한마디를 던진 것이다.

그런데 호박꽃이라니?

기분이 확 상해서 얼굴이 찌푸려졌다.

"기분 나빴구나. 미안……."

"뭐 미안할 것까지야. 됐다."

"네가 장미꽃 사이에서 활짝 웃는 모습이 웃기기도 하고, 예뻐서 농담한 거야. 기분 나빴다면 사과할게."

"농담? 참 나……. 가자, 그냥."

어중간한 거리를 유지한 채 교정으로 들어섰고, 실내화를 갈아 신는 입구까지 오면서까지도 소담이와 더 이상의 대화는 없었다.

어색해서 무슨 말이라도 할까 하는 찰나, 민지가 호들갑을 떨면서 우리에게 다가왔다.

"야야, 나 이슬아 작가님 오시는 거 방금 봤어. 조금 전에 교문으로 들어오는 거 내가 또 보고 말았지 뭐야?"

"진짜?"

"그럼 진짜지. 어떡해."

"어머어머. 어떡해."

민지와 내가 손뼉까지 쳐가면서 좋아하는 사이, 소담이는 특유의 무심한 얼굴을 하고선 뒤돌아 가버렸다.

불편했던 소담이가 먼저 가줘서 사실 고마웠다.

어차피 소담이는 이슬아 작가님에게는 관심도 없어 보였다.

민지와 내가 설레발치면서 좋아하는 모습도 소담이에게는 같잖을지도 모르는 일이다.

그러거나 말거나, 이슬아 작가님을 오늘 직접 볼 수 있다는 사실에 너무 설레기 시작했다.

난 그동안 작가님의 인스타그램을 보면서 이모티콘 작가라는 꿈을 꾸게 되었다.

유튜브에서 나 같은 미성년자도 얼마든지 이모티콘 작가를 꿈꿀 수 있다고 하셨던 말은 다시 생각해도 심쿵했다.

그때였다.

담임 선생님 뒤로 이슬아 작가님이 뒤따라 들어오셨다.

아이들 사이에서는 '오~' 하는 함성이 터져 나왔다.

두근거리면서 심장이 뛰기 시작했다.

상상만 했던 작가님 모습을 직접 보다니! 난 채민이 어깨를 마구 치면서 "어떡해, 어떡해~" 이 말만 해댔다.

"안녕하세요? 예성 친구들, 만나서 반가워요. 이슬아 이모티콘 작가입니다."

"오~"

"작가님, 너무 예뻐요."

아이들이 감탄만 연발하며 함성을 지르는 모습에 담임 선생님과 이슬아 작가님은 웃음을 지어 보이셨다.

담임 선생님은 작가님이 해주는 진로 수업 잘 들으라면서, 행여 이상한 행동을 했다는 소문이 들릴 시에는 각오하라는 협박 아닌 협박을 하시고는 뒤돌아 나가셨다.

'그런 걱정은 하지를 마세요. 선생님. 히히~'

이모티콘 작가 되는 법

이슬아 작가님이 칠판에 커다랗게 쓰셨다.

작가님은 모든 게 완벽해 보였다.

미모도 연예인급으로 예뻤으며, 목소리 또한 낭랑하고 고우셨다. 이미 알고 있지만.

게다가 작가로서 성공했기 때문인지 자신감 있는 태도까지, 그야말로 내 롤모델로서 완벽, 그 자체였다.

"우리 친구들, 이모티콘 작가라고 들어봤나요?"

"네~."

"아니요~."

"이런, 네니요? 동시에 들리네요. 좋아요. 오늘은 선생님이 이모티콘 작가가 되기까지의 과정에 대해서 간단히 설명하고, 우리 친구들이 궁금해하는 질문과 제 답변으로 수업을 진행해 볼 거예요. 예성은 예술중학교니 특별히 이쪽에 관심 있는 친구들이 많을 거라 생각해요. 괜찮죠?"

"네."

'어쩜 말 센스까지 저렇게 좋으실까?'

아이들은 작가님의 말에 웅성거렸다.

작가님은 직장을 다니다 이모티콘 작가로 도전한 이야기로 진로 수업을 시작하셨다.

듣자마자 난 작가님의 이야기에 홀딱 빠져버렸다.

이모티콘 작가가 하고 싶어서 처음에는 독학으로 그림을 그리기 시작하셨다는 이야기는 너무 대단하다 못해 경이롭기까지 했다.

'독학으로 그림을 그리다니?'

그게 가능한 일인가 싶은 생각이 들어 입을 다물지 못했다.

난 학교에서 회화, 디자인, 판화, 조각까지 다양한 그림 수업을 받고, 그러면서도 겨우 수업을 따라가는데, 독학이라는 말에 깜짝 놀랐다.

특히 대학교에서는 미술과 전혀 상관없는 전공을 하셨다니 믿기 힘들었다.

그림은 어느 날 갑자기 그리고 싶다고 그냥 그려지는 게 결코 아니라는 걸, 학교에 다니면서 새삼스럽게 느끼고 있었기 때문이다.

작가님 완전 대단

응, 독학이라는 말에 지릴 뻔

ㅈㄹ 야~

채민이가 종합장 끄트머리에 이렇게 적어 내게 보여줬고, 난 지릴 뻔했다고 답을 적었는데, 뭐가 그렇게 웃긴지 우리 둘은 킥킥댔다.

작가님은 처음엔 직장을 다니면서 부업으로 이모티콘을 그리기 시작했고, 부업으로 번 돈이 본업인 직장 연봉보다 높아지면서 전업 이모티콘 작가로 전향했다고 하셨다.

특히 작가로 전향하니 시간과 공간에 제한받지 않으면서 일할 수 있다는 게 제일 큰 장점이라고 말씀해 주셨다. 또 작가님이 그린 인기 이모티콘으로 굿즈도 제작하는데, 최근에는 유튜브까지 시작해서 굿즈가 제법 잘 팔린다고 얘기하며 웃으셨다.

"작가님, 질문 있어요. 해도 돼요?"

"그럼요."

"지금 얼마나 버세요? 그게 제일 궁금해요."

"글쎄요, 이 질문은 예상하지 못해서 조금 당황스럽네요. 우리 친구들은 제가 얼마나 번다고 예상해요?"

"5천만 원? 6천만 원? 그 정도 아니에요?"

"그것보다 훨씬 위랍니다."

"와~ 1억도 넘어요?"

작가님은 살짝 웃으시더니 고개를 끄덕였다.

정말 대단하다.

역시 넘사벽이었다.

난 얼른 채민이의 종합장을 끌어다가 다시 끄적였다.

> **나 결심, 이모티콘 작가 되기로.**

채민이는 내 얼굴을 놀란 듯 쳐다봤다.

난 두 손을 모은 채 좌우로 흔들었다.

이슬아 작가님은 이모티콘은 그림 자체의 높은 완성도보다는 창의
성이 더 중요하다는 말과 함께 콘셉트가 중요하다는 말을 마지막으로
남겨주셨다.

"질문 더 있나요?"

"저요, 선생님."

난 떨렸지만, 용기 내어 손 들어 보았다.

지금이 아니면 영영 기회가 없을지도 모르니깐.

"선생님, 전 이모티콘 작가에 대해 관심이 많은데요, 인스타그램을

하는 게 이모티콘 작가가 되는 데 도움이 될까요?"

"그럼요, 친구는 이름이 뭐예요?"

"네? 저 김…… 김미소요."

"미소 친구가 너무 좋은 질문을 해줬어요. 인스타그램은 당연히 도움 돼요. 제가 맨 처음 이모티콘을 그렸을 때 어설펐지만 인스타그램에 올렸고, 반응이 좋아서 작가가 되기로 결심하는 데 큰 계기가 되었거든요. 사람들이 제가 그린 이모티콘 그림을 보고 '좋아요'를 많이 눌러준 것에 짜릿했어요. 용기도 얻었고요. 혹시 미소 친구가 이모티콘 작가를 꿈꾼다면 꾸준히 이모티콘을 그리고, 인스타그램에도 올려본다면 큰 도움이 될 거라 믿어요. 제 인스타그램 주소를 적어놓고 갈 테니깐 더 궁금한 점이 있는 친구들은 디엠 보내주면 아는 선에서 최대한 답장을 주도록 노력할게요."

"감사……합니다. 저 작가님 팬이에요!"

"제가 미소 친구에게 더 고마워요."

얼떨떨했다.

진로 수업이 끝났지만, 흥분된 마음이 가라앉질 않았다.

운동장에서 담임 선생님과 인사를 나누는 이슬아 작가님의 뒷모습을 창문을 통해 보면서 멍한 채로 있으니 민지가 한마디했다.

"정신 차려라, 김미소야. 다음 시간 체육이야. 늦으면 운동장 한 바퀴 더 돌아야 된다, 너."

"맞다. 내 정신!"

정신 차리고 휴대폰을 꺼내 작가님이 남겨주신 인스타그램 주소를 얼른 찍어두고선, 체육복으로 갈아입었다.

작가님의 인스타그램 주소는 이미 알고 있었지만, 기념으로 찍고 싶었다.

'글씨도 귀엽게 쓰시네. 작가님은 도대체 못 하는 게 뭐야?'

과학보다 이모티콘이 좋아!

4

벌써 기말고사 기간이 다가왔다.

뭘 했다고 시간이 이렇게 빨리 가는지 모르겠지만.

기말고사가 다음 주로 코앞이라 이번 주말에는 미술학원 수업이 없다.

대신 스터디 카페로 향할 뿐.

에효, 내 신세야.

"웬일로 토요일인데 빨리 일어났네. 오늘은 미술학원 안 가는 날이 잖아."

"기말고사가 다음 주잖아. 공부하러 가려고."

"어디 가서 공부할 건데? 도서관?"

"누가 요즘 촌스럽게 도서관을 가, 엄마."

"그럼 어디 가는데?"

"……."

"어디 갈 거냐고?"

"아, 내가 알아서 할게."

"야~"

엄마는 내 모든 것을 알려고 든다.

굳이 내가 어디로 가는지까지 엄마가 다 알아야 하는 걸까?

또 어디 간다고 하면, 이번에는 누구랑 가냐고 물을 거고, 또 언제 올 거냐고 물을 게 뻔해 말하고 싶지 않다.

일일이 대답하기 피곤하고, 솔직히 귀찮다.

신발을 신고 나가려는 찰나, 엄마는 정말 한결같이 물었다.

"언제 올 건데?"

"몰라."

"저게 진짜! 야, 김미소!"

쾅! 엄마의 잔소리를 듣기 싫어 현관문을 잽싸게 닫아버렸다.

엘리베이터에서 내린 뒤 빠른 걸음으로 걸었다.

7월의 햇볕은 오전부터 따가웠다.

걸으면서 덥고 짜증이 났지만, 곧 민호를 만날 생각에 꾹 참고 버스 정류장으로 걸어갔다.

집 바로 근처에 있는 스터디 카페로 가면 편하긴 하지만 혹시 모를 엄마와 마주치는 참사를 피하기 위해 일부러 버스를 타고 두 정류장을 지나야 하는 곳으로 향했다.

버스 창으로 보니, 내리는 정류장에 벌써 와 있는 민호가 보였다.

혼자 웃음이 피식 났다.

그래도 너무 바보처럼 보이고 싶지 않아, 웃음기를 지우고 버스에서 내렸다.

시원한 에어컨 바람이 나오던 버스에서 내리자마자 덥긴 했지만, 민호가 내미는 손을 잡고 스터디 카페로 향했다.

스터디 카페 입구에서 일단 네 시간 이용권을 끊고, 민호와 나란히 앉았다.

가방에서 책을 최대한 소리 내지 않고 조심히 꺼냈다.

시험 기간이라서 그런지 벌써 또래 애들이 꽤 있었다.

오늘은 스터디 카페에서 공부하면서 과학을 뗀다는 생각으로 왔다.

지난 중간고사 과학 점수는 내게도 충격적이었다.

엄마는 과학 점수를 보더니 혹시 OMR 답지를 한 칸씩 밀려서 작성한 것이 아니냐고 물었다.

수행 평가는 나쁘지 않게 보았는데, 지필 평가를 완전히 망쳤기 때문이다.

헷갈리는 문제가 네 개 정도 되었는데, OMR 답지를 걷기 직전에 답을 고쳤더니, 오 마이 갓! 죄다 틀려버렸다.

거기다 서술형 문제까지 부분 점수가 깎이고 보니 과학 점수는 진짜 형편이 없었다.

엄마는 과학 점수를 보더니 당장 학원 수업을 들으라고 말했다.

기말고사 때 점수를 올리겠노라 큰소리를 쳐서 겨우 엄마를 설득했기 때문에, 이번엔 진짜 과학 공부에 신경 써야 했다.

더 중요한 건, 이번에도 시험을 망치면 내 사랑 패드가 사라질 수 있다는 점이다.

김미소, 정신 차리자!

먼저 과학 인터넷 강의 수업을 듣고 노트에 과학 교과서를 단원별로 요약해 보았다.

요약본을 보고 또 보고선 문제집을 풀었는데, 그래도 구멍이 있는지 틀리는 문제가 있었다.

'과학은 역시 어렵단 말이야. 휴.'

한숨 쉬는 나를 본 민호가 카톡으로 말을 건넸다.

스터디 카페 안에서 시끄럽게 말하면 퇴실당할 수 있다.

　🗨 잠깐 편의점 갈까?

　🗨 ㅇㅇ

"이거 마셔봐. 지난번에 마셔 봤는데 달달하면서 맛있더라."

"음~ 익숙한 맛인데. 맞다. 이거 캐러멜 사탕 맛 나는데. 근데 생각보다 맛있다."

"지난번에 이거 마시니깐 잠도 깨고 기분이 좋아지더라고."

"고마워."

"미소, 파이팅!"

점심시간이었지만 서로 하던 공부를 마친 뒤, 늦은 점심을 먹기로 하고선 다시 스터디 카페로 들어갔다.

틀린 문제들을 다시 보고선 틀린 이유를 빨간색 펜으로 꼼꼼히 적어보았다.

얼핏 보니 민호는 기말고사 첫날 첫 시험이 수학이라면서 수학 공부를 하고 있었다.

난 수학은 학원에서 수업하는 걸로 때우고 따로 공부하고 싶지 않은데, 급 수학 공부도 해야 하나 걱정이 되었다.

그러려면 하던 과학 공부를 마저 끝내야 하는데, 그럴수록 마음이 자꾸만 조급해졌다.

🗨 뭐 하는 중임?

💬 스카에서 공부 중

🗨 올~

💬 넌 어디?

🗨 집인데, 공부는 하기 싫고 또 눈치 보여서 거실에도 못 나가는
중이심. 휴~

💬 에공. 우리 채민이 불쌍 :(

공부가 정말 하기 싫었는지 채민이가 카톡을 보냈다.

마지막 답을 보내고 있는데 채민이가 아예 전화를 걸어왔다.

물론 진동 모드로 되어 있었지만, '위잉' 하는 진동 소리에 내 왼쪽에 앉은 아이가 째려보는 게 느껴졌다.

급하게 휴대폰을 들고 밖으로 나가 전화를 받았다.

"여보세요?"

"목소리가 왜 이래?"

"잠깐만, 아, 이제 됐다. 스카 안이라 크게 말할 수가 없어서 그래. 밖으로 나왔어. 왜 전화했어?"

"공부하는데 내가 방해하는 거 아냐?"

"아니야, 무슨 일 있는 거야?"

"글쎄 박똥이 열받게 하잖아. 짜증 나게."

"이번엔 뭔데?"

채민이는 박똥과 카톡을 주고받다 열받은 사연을 들려주었다.

아주 상세하게.

처음에는 공부 잘되고 있냐는 둥 시답잖은 이야기로 시작하더니, 하다가 잘 모르는 부분이 있으면 자기한테 물어보라고 했다는 것이다.

이 지점부터 채민이는 열이 받았다고 한다.

지가 뭔데 이래라 저래라 하냐면서, 옆에 있으면 마치 침이 튈 듯 채민이의 목소리가 점점 커져만 갔다.

더 웃기는 건, 그러면서 박똥이 지난번 채민이 수학 수행평가 점수가 별로인 것을 다 봤다면서 수학 공부를 조금 더 열심히 하라고 충고했다는 거였다. 우리가 아무리 예술중학교에 다니지만, 좋은 대학에 가려면 국어, 영어, 수학 같은 주요 과목을 잘해야 한다는 둥, 엄청 지적질을 했다는 게 채민이가 열받은 포인트였다.

"얼마나 지적질을 하는지, 글쎄 들어줄 수가 없다니깐. 지가 공부 좀 잘한다고 말이야."

"채민아, 있잖아…… 박똥이 혹시 너 좋아하는 거 아냐? 내가 볼 때는 너한테 관심 있어서 일부러 톡을 한 것 같은데."

"야! 김미소, 지난번에도 그러더니 되지도 않는 말 자꾸 할래?"

휴대폰 너머 채민이 목소리가 정말 귀가 아플 정도로 커졌다.

단단히 화가 난 모양이다.

"아니, 지난번도 그렇고 이번에도 자꾸 박똥이 너한테 하는 행동이 왠지 내가 보기엔 좋아하는 관심의 표현 같다는 생각이 든단 말이지."

"아니거든. 절대!"

"그럼 넌 박똥한테 관심 있냐?"

"미소, 절교하고 싶냐?"

"에이, 왜 이러셔. 무서워라. 헛소리했나 보다. 미안해."

"너 자꾸 이러면 진짜 나 화낼 거야."

"알았어. 채민아, 월요일 날 학교에서 보자."

서둘러 전화를 끊었다.

좀체 화를 내지 않는 순둥이 채민인데, 박똥이라면 무조건 화부터 내니 아마 채민이가 박뚱을 좋아해서 그러는 게 아닌가 싶은 내 생각은 확신으로 바뀌었다.

'진짜 아닌가? 분명 내 눈엔 그렇게 보이는데.'

채민이와 통화하고 나니 공부 흐름이 끊겨서인지, 집중이 되지 않았다.

괜히 볼펜만 만지작거리다 민호 몰래 패드와 펜슬을 꺼냈다.

어제 그리다가 말았던 이모티콘 그림을 완성하고 싶어서였다.

내 꿈은 이모티콘 작가니까, 이것도 공부라면 공부니깐!

민호는 수학 공부에 집중하고 있어서인지 내 쪽으로 눈도 돌리지 않았다.

이때다 싶어서 그림 앱을 열고 어제 그렸던 이모티콘에 눈과 입을 그려 넣었다.

귀염 뽀짝한 이모티콘에 웃는 표정과 우는 표정을 꼼꼼히 그려 넣고 보니, 내가 그렸지만 이만하면 괜찮은 거 아닌가 싶었다.

'인스타그램에 한번 올려볼까? 혼자서는 잘 그렸다고 생각하지만, 객관적으로는 아닐 수도 있으니깐. 올려보고 사람들 반응을 보는 거야.'

그런데 가만히 생각하니, 기존 인스타그램 계정에다가 올리면 뻔히 내가 그린 줄 알 테니, 그냥 다들 잘 그렸다고만 해줄 것 같았다.

모르는 사람들에게 객관적인 평가를 받으려면 나인 줄 모르는 다른 계정이 필요하다는 생각이 들었다.

계정을 추가해서 부계정을 만들고 방금 그린 이모티콘 게시물을 올리고 나서, 아까부터 참고 있던 볼일을 더 이상 참을 수 없는 지경이 되어 재빨리 화장실에 다녀왔다.

'아, 맞다. 내 정신 좀 봐.'

화장실에 갈 때는 급해서 아무 생각이 없었는데, 패드를 책상 위에 떡하니 그대로 펼쳐두고 화장실에 다녀온 것이다.

실수다. 민호가 이모티콘 피드를 봤을까?

안 되는데…….

돌아와서 슬쩍 민호 쪽을 보니 여전히 수학 문제를 풀고 있었다.

아마 못 본 듯.

안도의 한숨을 쉰 뒤, 민호에게 카톡을 보냈다.

🗨 점심 먹으러 나갈래?

민호는 웃으면서 고개를 끄덕이며 날 바라봤다.

'설마 보진 않았겠지? 그래, 못 봤을 거야. 그럴 거야.'

웃기만 하는 민호의 얼굴에다 대놓고 물어볼 순 없었다.

보지도 않았는데, 이모티콘 봤냐고 괜히 물어봤다가 쪽팔릴 짓을 사서 만들고 싶진 않다.

스터디 카페에서 공부는 안 하고 딴짓만 하는 모습으로 보이는 건 싫다. 뭐, 비록 사실이지만.

아무래도 민호는 나보다 공부를 잘하는 것 같다.

몇 등 정도 하는지 물어본 적은 없지만, 그냥 내 느낌이 그렇다.

가끔 뭘 물어봐도 막힘없이 설명하는 것을 보면 내 생각이 틀리지 않은 것 같다.

물론 민호도 내가 공부를 잘하는지 못하는지 대놓고 물어본 적은 없다.

내가 그리는 그림을 보고선 가끔 대단하다고 칭찬해 주는 정도? 딱 그 정도다.

아까 보니 민호의 수학 문제집은 최상위 난이도였다.

난 엄두도 못 내는 문제집이라, 보는 순간 '헐' 했지만, 쓸데없이 거기에 대해 말하고 싶지는 않았다.

나도 자존심이 있지…….

내가 민호보다 공부를 못하는 건 분명했지만, 굳이 내 입으로 확인하는 짓은 하고 싶지 않다.

대신 난 미술을 전공할 거니깐 수학은 크게 잘하지 않아도 된다는 혼자만의 정신 승리를 할 뿐.

"미소야, 뭐 먹을까?"

"맨날 나 먹고 싶은 거 먹었으니깐, 오늘은 네가 먹고 싶은 거 먹자."

"그럼 나 마라탕 먹고 싶은데, 먹어도 돼?"

"그럼~!"

크크.

'넌 내가 좋아할 수밖에 없어. 먹어도 되냐니, 내 허락받는 거야? 너무 귀엽잖아.'

아, 민호 볼을 꼬집어주고 싶다.

민호

미소는 한 번씩 이해할 수 없는 행동을 한다.

어쩔 땐 정말 밝고 사랑스러운 아이인데, 가끔은 말도 안 되는 이유로 시무룩해한다.

난 미소가 어떤 모습이라도 다 좋은데.

학교가 달라 주말에만 볼 수 있는데, 그때만이라도 미소와 즐겁게 보내고 싶다.

하지만 미소는 이유를 알 수 없이 말이 없을 때가 종종 있다.

왜 그러냐고 물어보지만, 딱히 말하지 않는다.

지난번 영화 보던 날에도 갑자기 미소가 울어서 깜짝 놀랐다.

왜 그러냐고 아무리 물어도 말도 안 하고.

답답하지만 계속 물어보면 싫어할 것 같아 참았다.

지금 스터디 카페에서 공부하고 있기는 하지만 미소는 오늘도 기분이 별로인 듯 보였다.

차라리 내 마음이 이러니깐 조심해 달라는 말을 하면 좋겠다.

여자들의 마음은 복잡해도 너무 복잡하다.

미소만 그런 건가?

알 수가 없다.

공부는 하고 있지만, 신경이 쓰여 한 번씩 미소 쪽을 힐끔거렸다.

그러다가 미소가 화장실을 가는 듯 나가는 것을 보고선 그런가 보다 했는데, 웬걸? 자리에는 패드가 놓여 있었고, 뭔가 그림이 보였다.

'공부가 잘 안 되나?'

분명히 오늘 과학 공부를 끝내겠다고 했는데, 그림을 그리고 있었나 보다.

자세히 보니 그냥 그림이 아니라 이모티콘이었다.

게다가 이모티콘 그림을 올린 계정은 내가 알던 미소의 인스타그램 계정이 아니었다.

휴대폰 카메라로 사진을 찍으면 '찰칵' 소리가 나서 스터디 카페에서 눈치가 보이지만, 어쩔 수 없다.

얼른 계정 주소를 찍었다.

그러고선 미소가 들어오는 모습에, 아무 일도 없었다는 듯 수학 문제집을 계속 푸는 척했다.

'굳이 다른 부계정을 만들어서 이모티콘을 올리는 이유가 뭐지?'

몰래 찍은 미소의 인스타그램 주소로 들어가 보니, 오늘 올린 이모티콘 그림이 다였다.

이걸 올리려고 부계정을 만들었을까?

'좋아요'를 누르려다 생각해 보니, 내가 부계정을 알고 있다는 걸 미소가 알면 아무래도 좋아하지 않을 것 같았다.

비밀로 만든 계정인데 내가 알면 미소가 몰래 만든 의미가 없을 것 같았다.

나 역시 부계정을 추가해 미소의 이모티콘 피드에 '좋아요'를 눌렀다.

💬 점심 먹으러 나갈래?

미소가 내게 카톡을 보냈다.

마치 아무 일도 없었다는 듯 미소 얼굴을 보는데 피식 웃음이 났다.

몰래 이모티콘 그림을 올리고 싶어서 부계정을 만들었는데, 내가 알고 있다는 걸 알게 되면 깜짝 놀라겠지?

일단은 비밀로 해야겠다.

미소가 그러는 데는 이유가 있을 거라 생각한다.

그런데 그런 미소가 귀여워서 자꾸 웃음이 났다.

"내 얼굴에 뭐 묻었어?"

"아니."

"근데 왜 자꾸 나 보면서 웃어?"

"하하하."

"야~"

'지금은 말할 수 없어. 미소야, 너 지금 얼마나 귀여운 줄 아니?'

어리둥절한 표정의 미소 얼굴을 보면서 난 더 크게 웃었다.

5

아이돌 연습생 보람이

진짜 지긋지긋한 시험.

"아싸, 드디어 끝났다."

"끝나기만 하면 뭐하냐고? 잘 쳐야 마음이 편하지."

"에잇, 김미소. 끝났으면 쿨하게 성적 따윈 잊는 거야."

"미안하다. 쿨하지 못해서."

기말고사는 끝났다.

나름 노력했지만, 지난 중간고사보다 그다지 잘 보진 않았다.

내 머리는 돌인가?

공부는 해도 해도 왜 모르겠는지……. 엄마 말대로 정신을 똑바로 차리고 집중하지 않아서 그런 걸까?

난 그림을 그리니깐 공부는 좀 못해도 상관없지 않을까 생각하다, 아직 중학생인데 그런 식으로 나 자신을 낮추어 생각하고 싶지 않다는 생각이 들었다.

채민이는 시험이 끝났으니 놀자고 했다.

원래는 학원을 가야 하는 날이지만, 오늘 같은 날은 애들이 공식적으로 수업을 제끼고 노는 날이다. 학원을 가더라도 시험이 끝난 날은 수업이 흐지부지하거나 과자 파티 같은 걸로 때우는 경우가 많았다.

"학교 앞에 사진 숍 생겼던데, 가볼까?"

"뭐라? 사진 숍 생겼다고? 어디? 어딘데? 나도 같이 가자."

민지도 끼었다.

하교 후 우린 후문 근처 새로 생긴 사진 숍에 갔다.

무인으로 운영되는 곳이었는데, 들어서자마자 화려한 내부가 눈에 들어왔다.

"와~ 개좋은데. 완전 고급지다."

"진짜진짜."

민지와 채민이는 뭔가에 홀린 듯 사진 숍을 구경했다.

모자, 가발, 머리띠, 각종 액세서리까지 없는 게 없었다.

그 옆으로 알전구 조명이 촘촘히 박힌 예쁜 거울이 있었고, 거울 앞 테이블에는 고데기가 놓여 있었다.

채민이는 보자마자 고데기로 머리를 말았고, 민지와 나는 귀여운 머리띠를 낀 채 립밤을 열심히 발랐다.

"채민아, 아이라이너 있어?"

"나 없는데. 민지야, 아이라이너 있으면 미소 빌려줘."

"나도 없어, 근데 아이섀도는 있어. 그거라도 바를래?"

"응, 할 수 없지. 땡큐~"

눈이 예쁘게 나오려면 아이라이너는 필수지만, 없는 건 어쩔 수 없다.

대신 반짝이는 아이섀도를 눈 아래에 살짝 찍어 발랐다.

이만하면 괜찮은가 하면서 거울을 보던 찰나였다.

문이 열리더니 소란스레 여러 명이 무리 지어 들어왔다.

교복을 보니 우리 학교 애들이었다.

자세히 보니, 무리 중 한 명은 학교에서 아주 유명한 핵인싸였다.

예술 중학교라 그런지 우리 학교는 학년마다 아이돌 연습생인 애들이 몇몇 있었다.

그 아이도 아이돌 연습생이라고 했는데, 박보람이라고 했던가, 이름이 정확히 기억나지 않았다.

아무튼 애들 사이에서 유명한 친구였다.

아직 데뷔도 안 했는데, 그 애는 학교에서 잘 볼 수 없었다.

곧 아이돌 데뷔가 임박했다는 소문만 무성했다.

그 애를 이렇게 가까이에서 본 건 처음이었다.

"쟤 박보람 아니야? 웬일?"

민지가 내 귀에 대고 속삭였다.

그 애는 내가 보기에도 예뻤다.

같은 나이 친구인데도 우리와는 달라도 너무 달랐다.

이미 완벽한 얼굴에다 화장 또한 우리처럼 어설프게 한 수준이 아니었다.

"예쁘긴 하다. 고쳤을까?"

순간 채민이가 민지 발을 밟았다.

경고!

조용히 하라는 뜻이었다.

민지 말을 들었나 싶어 보람이 무리를 살폈지만, 다행히 못 들은 것 같았다.

민지는 투덜대면서 아프다며 채민이를 째려보았다.

"그럼 2천 원이 부족한 거야?"

보람이 목소리였다.

아무래도 사진을 찍는데 돈이 부족한 모양이다.

"어떡하지? 난 매니저 언니 오빠들이 챙겨주는 게 습관이 돼서 돈 안 들고 다니는데. 하필 카드도 안 들고 왔고."

"돈 빌려줄까?"

나도 모르게 내뱉었다.

사진 숍에 있던 보람이 친구들이 모조리 나를 쳐다보았다. 얼굴이 화끈거렸다.

"우리 아는 사이야?"

"보다시피 같은 학교잖아. 잘 모르겠지만, 난 같은 학년 미술과 김미소."

"어, 그렇구나. 처음 보는 사이인데 돈 빌려줄 수 있어?"

"응, 여기 2천 원."

"고마워. 여기다가 휴대폰 번호 찍어줄래? 바로 갚아줄게."

난 보람이가 내민 휴대폰에 내 번호를 찍었다.

그러고는 아무렇지도 않게 돌아서서 채민이와 민지에게 돌아왔다.

애들은 난리였다. 너 무슨 용기로 그랬냐는 둥, 난리도 그런 난리가 없었다.

뭐 2천 원에 용기까지야. 애들아~

"야, 난 네가 보람이한테 말 거는 순간 놀라서 기절할 뻔."

"기절씩이나. 그냥 돈이 없다니깐 빌려준 거지."

"이럴 때 보면 김미소 완전 용감해."

"진짜."

우리 셋은 10분 정도 기다려 드디어 포토 부스 존으로 들어갔다.

사진은 여섯 장 나오는 컷으로 선택해서 두 번 찍어 열두 장이 나오면 공평하게 네 장씩 나눠 갖기로 했다.

옆에 각자 마음에 드는 소품을 미리 준비해 두었다가, 한 컷을 찍고 바꾸고 한 컷을 찍고 바꾸고를 반복했다.

사진은 촬영할 때마다 리모콘을 누르면 되었는데, 다른 사진 숍에서 촬영을 해본 경험이 있는 민지가 리모콘을 누르겠다고 했다.

"자, 간다. 준비됐나?"

"준비됐다."

"하나 둘 셋."

민지의 '준비됐나'라는 사투리가 왜 그렇게 웃긴지, 우린 깔깔거리면서 사진을 찍었다.

꽃장식이 달린 티아라도 썼다가, 부케도 손에 들었다, 선글라스도 썼다 하면서 생난리였다.

다 찍은 뒤 잘 나온 사진을 선택하여 출력했다.

출력된 사진을 보고 서로 잘 나왔다고 칭찬했는데, 채민이는 민지의 오버하는 모습이 웃긴지 완전히 허리를 젖혀서 웃었다.

포토 부스에서 나오고 나니, 보람이네 무리는 벌써 사진을 다 찍었는지 나가고 없었다.

"아까 박보람 진짜 예쁘더라. 그치?"

사실이었다.

여자인 우리가 봐도 너무 예뻤다.

여신이라고 불러도 될 정도로 분위기가 있었다.

뭐, 그러니깐 아이돌로 데뷔를 하겠지만.

"완전. 난 걔 얼굴 그렇게 가까이에서 본 건 처음이야. 우리가 봐도 반할 정도로 예쁜데 남자들이 보면 어떻겠냐? 보람이 학교 오는 날이면 그 반 남자애들 완전 난리라던데. 어떤 애는 물까지 떠다가 준대. 물론 카더라 통신이지만."

"나도 그 소문 들었을 때는 뭐야, 했거든. '지가 아직 아이돌도 아니고 연습생인 주제에 뭘 그렇게까지' 했는데 와, 오늘 보니 완전 장난 아니다."

"응, 진짜 예쁘긴 하더라. 그에 비하면 우리 얼굴은 지극히 현실적이야."

"야~ 미소, 정확한 표현이다."

"내가 거짓말은 못 하잖니? 크."

시험도 끝났겠다, 사진을 찍고 기분이 업된 우리는 코인 노래방까지 달리기로 했다.

흥을 주체하지 못하는 민지는 가수급의 노래 실력을 보여주었고, 난 열심히 박수를 치며 좋아했다. 역시 놀 때는 시간이 순식간에 지나간다.

코인 노래방까지 갔다가 나오니 어느새 5시가 다 되었다.

휴대폰을 보니 그새 엄마에게 온 전화와 카톡 메시지가 여러 개였다.

'아~ 맞다. 전화했어야 하는데.'

노느라 정신이 없어 아침에 엄마에게 일찍 집에 갈 거라고 말했던 사실은 까맣게 잊고 말았다.

집에 들어가면 또 얼마나 잔소리를 할까 싶어 일단 엄마에게 카톡 메시지를 보냈다.

💬 엄마, 이제 집에 감.

"이제 집에 가야 할 것 같아. 엄마한테 계속 연락 왔는데 못 받았거든, 잔소리 엄청 할 듯."

그렇게 놀고도 둘은 왠지 아쉬운 표정이었다.

"그럼 난 먼저 갈 테니깐, 둘이 더 놀아."

"에잇, 의리 없이 뭘 둘이 노냐? 다음에 또 놀면 되지."

채민이가 슬쩍 민지 눈치를 보면서 말했다.

"그럼그럼, 의리 없이 그러면 안 되지. 다음에도 같이 놀자. 미소, 채민이 너네 둘이서만 놀지 말고 나도 끼워줘야 해."

"참 나, 당연하지. 그치? 미소야."

"그러엄~"

난 일부러 오버해 대답했고, 진짜 가야 할 시간이라 인사를 하고는 먼저 집으로 향했다.

걸어가도 멀지 않은 거리였지만, 덥기도 했고 시간을 더 지체했다간 엄마가 정말 화를 낼 것만 같아 버스를 타기로 했다.

버스에 올라 자리에 앉는 순간, 카톡 메시지 알림음이 들렸다. 보람이었다.

> 💬 미소 맞지? 나 보람이.

> 💬 어, 나야, 미소.

> 💬 아깐 고마웠어. 빌린 돈 갚고 싶은데, 혹시 계좌번호 있니?

> 💬 2천 원인데 뭘, 됐어.

💬 아니야, 그건 내 마음이 불편해서 안 될 것 같아. 계좌번호 있으면 알려줘. 만나서 주면 좋겠지만, 당분간 학교 못 나갈 수도 있어서 그래.

💬 그래? 알겠어.

보람이에게 계좌번호를 알려주고 나니 버스에서 내릴 때가 되었다.

우리 아파트가 보이니 괜히 마음이 급해서 뛰었다.

엄마의 화난 얼굴이 눈앞에 보이는 듯했다.

그런데 막상 현관문을 여니, 엄마는 집에 없었다.

'괜히 뛰었잖아? '

더운데 뛰었더니 땀이 이마를 타고 흘러내렸다.

냉장고를 열어 차가운 음료수를 꺼내는데, 현관문 비밀번호를 누르는 소리가 들렸다.

"딸, 아까부터 뒤에서 계속 불렀는데, 왜 그렇게 듣지도 못하고 뛰니?"

"아, 못 들었어. 엄마."

"더운데 땀 잔뜩 흘렸네. 늦었다고 뛰었구나. 그러게 안 뛰고 빨리 집에 오면 좀 좋아."

다행히 엄마 기분은 나빠 보이지 않았다.

말도 없이 늦었다고 혼날까 봐 기껏 뛰어왔지만, 정작 엄마는 크게 신경 쓰지 않는 눈치였다.

휴지로 내 이마를 닦으면서 살짝 흘겨볼 뿐.

"어디 다녀오는 길이야? 화장도 하고 기분 좋아 보이네."

"오랜만에 고등학교 동창 모임에 갔다 왔지. 만나서 수다 실컷 떨었더니 그런가 봐. 참, 시험은 어땠어?"

"어머니, 나쁘지 않았습니다."

"진짜야? 곧 들통날 거짓말은 하지 않겠지?"

"진짜지 그럼."

기분이 좋은 엄마의 심기를 거스르고 싶지 않아, 일단은 나쁘지 않다고 말했다.

뒷일은 나중에 걱정하는 걸로 오늘을 보내고 싶다. 어떻게든 되겠지 뭐.

또 카톡 메시지가 왔다.

🗨 미소야, 돈 보냈어. 확인해 봐.

🗨 응, 알겠어.

🗨 오늘 진짜 고마웠어.

🗨 뭘, 그 정도로.

🗨 아니야, 너 없었으면 곤란했을 거야. 그리고 나 너 알게 되어서
기분 좋다.^^*

민호에게서 온 카톡도 아닌데, 기분 좋다는 보람이 말에 이상하게

설렜다.

이건 뭐지?

> 🗨 응, 나도.
> 🗨 그냥 하는 말 아니고, 진짜야. 학교에 자주 안 가서 친한 애들이
> 별로 없었는데, 널 알게 돼서 오늘 기분이 좋아. 한 번씩 연락해
> 도 되는 거지?
> 🗨 물론이야.
> 🗨 고마워, 미소야. 나 진짜 연락한다.^^*

아이돌 연습생인 보람이가 나한테 이런 메시지를 보내다니.

믿을 수가 없었지만, 사실이다.

화려해 보이고, 나와는 다른 세상에 사는 보람이었다.

그런 보람이에게서 온 카톡에서 이상하게 외로움이 느껴졌다.

오늘 처음으로 말을 해본 내게 이런 메시지를 보내다니.

주변에 마음을 나눌 친한 친구가 없나?

보이는 게 다가 아니라는 말이 생각났다.

휴대폰을 열어 인터넷 검색창에 보람이 이름을 치니 관련 기사가

떴다.

보람이 소속사 GMG에서는 소속사 최초 걸그룹을 준비하고 있고,

데뷔가 임박했다는 기사를 쏟아내고 있었다.

이미 소속사 공식 홈페이지에 보람이 사진도 올라와 있었다.

당연히 실물과 똑같았지만, 사진 속의 보람이는 신비로운 분위기가 더해져 진짜 내가 아까 봤던 애가 맞나 싶을 정도였다.

"똑똑, 들어가도 되나요?"

"엄마, 너무 상냥하게 말해도 적응 안 되니깐, 하던 대로 대해주라."

"요새 하도 말없이 들어오면 네가 뭐라고 하니깐 그렇지. 근데 보고 있던 사진은 누구야? 연예인? 네 또래로 보이는데."

엄마는 보람이 사진을 슬쩍 바라보았다.

"엄마, 어때? 얘 예쁜 것 같아?"

"예쁜 것 같은 게 아니라 너무 예쁜데."

"아~"

엄마 눈에도 예쁘구나, 보람이는.

저 정도 얼굴은 돼야 아이돌로 데뷔할 수 있다는 걸 새삼 느꼈다.

"얘 이름이 박보람인데, 우리 학교야. 나랑 같은 나이고. 대박이지?"

"진짜? 와~ 너희 학교에 연예인도 다니니?"

"아직 데뷔는 안 했는데, 곧 데뷔할 건가 봐. 그리고 엄마, 얘는 아이돌이야. 연예인이라고 하니깐 엄마 옛날 사람 같아."

"그거나 그거나. 뭐 똑같잖아."

이런, 엄마는 어쩔 수 없나 보다.

엄마는 나가면서 한마디를 덧붙였다.

"엄마 눈에는 보람인가 걔보다 우리 딸이랑 친구들이 더 예뻐 보인다. 옛날 사람이라 그렇겠지만."

피식, 웃음이 났다.

민지, 채민이와 찍은 사진은 언제 또 봤대?

투명 테이프로 채민이, 민지와 찍은 스티커 사진을 책상에 붙였다.

장난기 가득한 친구들의 모습에 다시 웃음이 났다.

특히 티아라를 쓰고 부케를 들고 있는 나를 몰아주기 위해 민지와 채민이가 우스꽝스러운 표정을 지은 사진은 자다가도 웃을 정도로 웃겼다.

귀여운 것들!

음, 시험 결과는…… 될 대로 되라지!

6
이모티콘과
아이스 아메리카노

"채민아, 신채민!"

등굣길에 앞서가는 채민이를 발견했는데, 큰 소리로 불렀는데도
돌아보지 않았다.

어쩐지 느낌이 쎄했다.

어깨에 손을 올리는 순간 흑, 하면서 채민이가 울기 시작했다.

"왜? 무슨 일인데?"

"미소야, 있잖아……."

채민이는 심각하게 이야기를 털어놓았다.

글쎄, 운동장에서 자주 배구를 하던 그 3학년 오빠의 전화번호를
우연히 알게 되었단다.

용기를 내서 그 번호로 연락했는데, 답이 없다는 것이다.

카톡에서 '1' 숫자가 지워진 걸 보니 분명 메시지는 확인했는데, 아무런 반응이 없다는 거다.

그래서 아침부터 눈물 바람이다. 에휴~

"아니, 내 메시지를 봐놓고도 어떻게 모른 척할 수 있는 거야?"

"못 본 거 아닐까?"

"여태 뭐 들었어. 확인하고도 생까는 거라고."

"그런데 그 오빠는 왜 아무 말도 안 하는 거야?"

"내 말이……. 혹시 뜬금없이 연락해서 당황스럽나? 그래도 그렇지."

"안 되겠다. 야, 그 오빠 무슨 과 몇 반이야? 당장 찾아가자."

"찾아가서 뭐 어쩌려고?"

"어쩌긴, 따져야지. 왜 모른 척하냐고! 우리 채민이를 무시하는 거냐고!"

"그래도 그건 싫어. 나도 자존심이 있지."

좋아하는 오빠에게 기껏 용기 내 연락했지만, 채민이는 대놓고 까이고 말았다.

그래서 등굣길에 울고불고하는 거였다.

그런데 사실, 확인하고도 반응이 없는 것만큼 확실한 답이 또 있을까?

그 오빠는 무응답으로 자기 뜻을 분명히 전했지만, 채민이는 속상

뭐할까.

그럴 때면 둘 다 "아니거든요!"라며 서로 기분 나빠하는 척을 하지만, 내가 보기에도 둘은 분명히 뭔가가 있다.

하지만 본인들이 저렇게 아니라고 우기니 일단은 믿을 수밖에.

급식을 먹고 난 후였다.

채민이는 입맛이 없는지, 오늘따라 밥도 깨작거리면서 먹는 둥 마는 둥 했다.

환장하는 돈가스도 있었는데.

"학교 마친 뒤에 오늘 시간 되냐?"

채민이 말에 난 민지의 얼굴을 쳐다보았다.

민지는 곤란한 표정이었다.

어쩌지, 나도 마찬가진데.

오늘은 김미소 인생에서 아주 중요한 날이다.

그동안 그려왔던 이모티콘을 지난주 월요일에 플랫폼 심사에 넣었는데, 오늘 심사 결과를 발표하는 날이기 때문이다.

더 중요한 건, 이모티콘 심사를 받기 위해 남몰래 도와주신 이슬아 작가님과 줌(zoom)으로 만나기로 했기 때문이다. 오늘은 수요일이라 학원 스케줄이 없기 때문에 작가님과 진작 약속해 놓았다.

진로 수업으로 만나게 된 작가님이 특별히 시간을 내서 도와주셨다는 게 너무 고마웠고, 만일 심사에 통과되지 않더라도 감사한 마음을 직접 전하고 싶었다.

그런데 내게는 채민이도 중요하다.

'휴……. 어쩌지?'

망설이는 민지와 내 표정을 보고 채민이가 시무룩하게 알겠다고 말하는 순간,

"난 오늘 시간 많은데."

어디서 나타났는지 박똥이 뒤에서 갑자기 말하는 바람에 민지와 난 정말 깜짝 놀랐다.

"놀랐잖아! 넌 왜 소리도 없이 갑자기 나타나서 사람을 놀라게 하냐?"

"미안. 놀랐냐?"

"뭐, 미안할 것까지야."

"참, 박똥 너 오늘 진짜 시간 많은 거야? 그럼 우리 채민이랑 좀 놀아주라."

황당한 표정을 짓는 채민이를 슬쩍 밀어 박똥 앞에 세웠다.

"뭐야? 얘들이 뭐래. 박똥이 나랑 왜 놀아줘?"

채민이는 민지와 날 번갈아가면서 째려보았다.

그러거나 말거나 난 채민이에게는 눈길도 주지 않은 채 박똥에게 말했다.

"우리 채민이 기분이가 별로인데, 오늘 민지랑 나랑 다 약속이 있잖니? 하필이면! 그래서 말인데, 박똥 네가 채민이랑 놀아주면 참 좋

겠는데. 물론 우린 너무 아쉽지만."

"야, 난 됐거든."

채민이는 눈에 있는 힘을 준 채 부라렸지만, 박똥이 아랑곳하지 않고 말했다.

"박채민 내가 놀아줄게. 이 오빠랑 가자."

"어, 어디를 가자는 기야?"

"글쎄 따라와 보면 알겠지."

어느새 박똥은 채민이 팔꿈치를 잡고 당겼다.

그런데 웃기는 건 채민이가 '야~' 하면서도 못이기는 척 따라갔다는 거다.

물론 예의상 우리를 한번 뒤돌아봤지만.

큭~ 난 채민이에게 손을 흔들어줬다.

"박똥이랑 너 짰냐? 뜬금없이 박똥이 나타난 것도 그렇고."

"짜긴 뭘 짜. 난 박똥한테 맹세코 아무 말도 한 적 없어."

"근데 어떻게 이렇게 자연스럽게 착착 진행되냐? 수상해."

"하긴 좀 수상하지. 두고 봐. 아마 내일이면 채민이 기분 다 풀렸을 걸."

"그걸 어떻게 알아? 채민이 기분을."

"다 아는 수가 있지."

이해할 수 없다는 표정을 짓는 민지에게 내일이 되면 다 알게 될 거라는 의미심장한 말을 남기고선 버스 정류장으로 갔다.

집에 도착한 뒤 조심스레 휴대폰으로 이메일을 열었다.

손에 땀이 나서, 교복 치마에 손을 여러 번 닦아야 했다.

카카오 이모티콘 스튜디오에 제안해 주셔서 감사합니다.

- -

안녕하세요? 카카오 이모티콘 스튜디오입니다.

카카오 이모티콘에 관심 가지고 제안 주셔서 감사합니다.

이모티콘 제안 내용을 빠짐없이 검토하였고, 내부 담당자 사이에 많은 고민이 있었으나, 아쉽게도 제안 주신 콘텐츠는 진행이 어려울 것 같습니다.

어렵게 제안을 주셨지만, 긍정적인 답변 드리지 못하는 점 다시 한번 양해 말씀드립니다.

카카오 이모티콘 스튜디오의 모든 창작물을 존중하며, 더 다양한 기회를 제공할 수 있는 콘텐츠 플랫폼이 될 수 있도록 노력하겠습니다.

차후에 더 좋은 기회로 만나뵐 수 있기를 기대합니다.

카카오 이모티콘에 대한 깊은 관심과 애정에 다시 한번 감사드립니다.

'이럴 줄 알았어…….'

너무 기대했던 탓일까? 실망이 이만저만이 아니었다.

스스로 열심히 했다고 생각했고, 이슬아 작가님도 잘될 거라고 응원해 줘서인지 그동안 마치 심사에 통과된 듯한 착각으로 들떴다.

하지만 보기 좋게 꽝이다.

역시는 역시나 없었다.

하지만 다시 생각해 보니, 이슬아 작가님께 죄송한 마음이 들었다.

기껏 도와주셨는데 탈락했으니, 시간과 마음을 써준 작가님께 죄송했다.

이럴 줄 알았으면 작가님께 괜히 도와달라고 연락했다는 생각도 들었다.

2시 50분이 조금 넘은 시각이었다.

3시에 줌(zoom)으로 작가님과 만나기로 했지만, 어쩐지 마음이 편치 않았다.

비록 탈락이지만 그래도 작가님께 고맙고 죄송하다는 말씀을 드리는 게 예의인 것 같아 줌에 접속했다.

그런데 3시 10분이 넘어가고 30분도 지나갔지만, 작가님은 접속하지 않았다.

'주소를 잘못 알았나?'

다시 한번 작가님이 인스타그램 디엠(DM)으로 미리 보내신 줌 주소를 확인해 봤지만, 분명 맞았다. 하지만 작가님은 끝내 접속하지 않았다.

'잊으셨나?'

3시 40분이 지나고 나서, 나는 줌 방에서 나왔다.

오늘은 되는 일이 없다.

답답한 마음이 들어 방문을 박차고 나왔다.

"딸, 어디 가는 거야? 그리고 표정이 왜 그래?"

"내 표정이 이상해?"

"응 많이 이상해. 무슨 일 있는 거야?"

"무슨 일은 있는데, 지금 말하기는 싫어. 답답해서 밖에 나가서 좀 걸으려고."

"그럼 엄마랑 같이 걸을까?"

"혼자 가고 싶어요. 어머니."

7월의 여름, 오후 4시가 다 되어가는 거리는 기가 막히게 더웠다.

'또 왜 이렇게 덥고 난리야?'

기껏 나왔지만, 딱히 갈 데도 없고, 덥기만 했다.

두리번거리는데 근처 카페가 눈에 들어왔다.

연인처럼 보이는 두 사람이 나란히 앉아 시원한 아이스 아메리카노를 먹는 모습을 보는 순간, 아이스 아메리카노의 맛이 갑자기 궁금해졌다.

'이럴 거면 엄마랑 함께 올 걸 그랬나?'

혼자 카페에 앉아 커피를 마시는 중학생의 모습은 아무리 생각해도 이상한 것 같아서, 좀 망설였다.

시켜서 가지고 나오면 되겠지 하는 생각으로 카페 문을 열었다.

"어서오세요? 주문하시겠어요?"

카페 아르바이트생 언니가 인사를 건네주었다.

괜히 쫄지 않으려고 크게 호흡한 뒤 연습했던 대로 말했다.

"이이스 아메리카노 한 잔 주세요."

거기까지는 괜찮았다.

"드시고 가세요?"

"네?"

긴장하니 별말도 아닌데 들리지 않았다.

"드시고 가세요, 가지고 가세요?"

"아, 가지고 갈게요."

"3,800원입니다."

"네……."

주문한 아이스 아메리카노가 나오자마자 얼른 카페를 나왔다.

달달한 믹스 커피는 한 번씩 마셔봤지만, 아이스 아메리카노는 처음 마시는 거다.

카페에서 언니들이나 오빠들이 '아아 한 잔요'라고 말하는 모습을 보면서 도대체 무슨 맛일까 궁금했는데, 오늘은 왠지 꼭 맛보고 싶었다.

빨대를 꽂고 쭉 빨아당겨 먹는 순간, 목에 사레 들린 것처럼 기침이 나왔다.

내가 생각했던 것보다 아이스 아메리카노의 맛은 훨씬 썼다.

"켁켁, 이렇게 쓴데 왜들 맛있게 먹었던 거야?"

그때였다.

보람이에게서 카톡이 왔다.

어제 보람이와 카톡을 주고받으면서, 그만 참지 못하고 오늘 이모티콘 심사 결과가 나온다는 말을 내뱉고 말았다.

입조심을 했어야 하는데.

> 🗨 미소야, 오늘 어떻게 됐어?

'어떻게 되긴, 꽝이지.'

> 💬 나 떨어졌오.ㅠ
>
> 🗨 네가 그린 이모티콘 그림 난 너무 귀엽던데.
>
> 💬 고마워. ㅠㅠ
>
> 🗨 심사위원들 눈이 삔 거 아니야?
>
> 감히 우리 미소님의 이모티콘을 떨어뜨리고 말이야!
>
> 💬 아직 연습이 더 필요한가 봐.
>
> 🗨 다음에는 꼭 될 거야. 난 너 믿어 :)

갈 데가 없어 집으로 돌아왔고, 한 모금 마시다가 남긴 아아는 결국 엄마에게 돌아갔다.

이슬아 작가님 유튜브를 틀어놓고, 아무 생각 없이 침대에 누웠다.

열심히 이모티콘 그림을 그렸던 시간이 머릿속에 스쳐 지나갔다.

사실 플랫폼 이메일에서는 콘텐츠 진행이 어렵다는 말만 있을 뿐, 무엇이 부족하다는 설명이 없었다.

최악은 뭐가 잘못된 건지 알 수조차 없다는 거다.

마치 풀어도 풀어도 정답을 알 수 없는 과학 지문을 푸는 느낌이랄까?

'작가님, 제 이모티콘은 뭐가 문제일까요? 근데 혹시 무슨 일 있으신 건 아니죠?'

> "캐릭터 콘셉트를 잡는 것도 중요하지만,
>
> 캐릭터의 표정과 동작, 그리고 선의 굵기까지도 중요해요."

침대에서 벌떡 일어나 내 이모티콘을 다시 봤다.

'내 이모티콘 선 굵기가 가는가?'

'이게 문제였을까?'

내가 그린 이모티콘은 단순한 캐릭터이기 때문에 역시 이모티콘의

선 굵기를 좀 더 굵게 해서 다양한 효과를 줘야 했나 보다.

일단 다시 수정해 보는 수밖에 없다. 난 포기할 수 없으니!

다음 날 학교에서 채민이는 내 예상대로 어제와는 완전 판판이었다.

"안녕? 미소야. 좋은 아침이야. 그치?"

화장도 잘 안 하는 애가 작정하고 화장을 했다.

아이라이너에다, 가만히 보니 마스카라도 공들여 바른 눈이다.

말 안 해도 채민이 표정이 모든 것을 말해주었다.

내가 어제 쓴맛에 허우적거리는 동안 넌 박똥하고 달달했구나, 신채민.

"있잖아, 어제 박똥이 글쎄……."

채민이가 말을 꺼내는 순간 조회 시간을 알리는 종이 울리면서 담임 선생님이 들어오셨다.

"자, 주목! 오늘 안 온 사람 없지?"

"네~"

"여름방학 하면 바로 가을 미술 전시회 준비를 시작한다니깐, 자기가 뭘 하고 싶은지 신중히 생각하고, 정해지면 담당 전공 선생님께 레슨 시간에 개별적으로 말씀드리도록 한다. 이번 주까지야. 알겠지?"

"우~ 가을 미전을 벌써 준비해요? 힘든데."

"모른 척은. 1학년 때 다들 해봤으니 모르지 않을 거라 생각하는데. 미리미리 준비하는 게 좋을 거야. 참, 잊을 뻔했네. 오늘 이슬아 작가님께 연락이 왔는데, 작가님이 이모티콘 플랫폼 심사 준비를 도와준 학생이 우리 반에 있다고 하던데, 누구냐?"

순간 반 몇몇 친구들이 나를 바라보았다.

'선생님 제발! 말하지 마세요!'

"미소였구나. 어제 이슬아 작가님이 급하게 일정이 잡혀서 우리 반 친구와 약속을 못 지켜서 미안하다고 전해달라고 선생님한테 직접 연락을 주셨어. 디엠 보냈는데, 확인을 안 해서 마음이 쓰인다고 연락하셨더구나. 미소는 메시지 확인하면 작가님께 연락 꼭 해라. 알겠니?"

"네……."

얼굴이 달아오르는 게 느껴졌다. 그리고 마음속으로 바랐다.

'선생님, 다음 질문은 제발 하지 마시고 그냥 가주세요.'

"근데, 미소야. 이모티콘 심사에 붙었어?"

아이들의 시선이 일제히 나에게 쏠렸다.

"아니요……."

"아고, 그랬구나. 힘내!"

아, 진짜 쪽팔린다.

파이팅까지 외치고 교실을 나서는 선생님 덕분에 민망 그 자체였다.

친구들 앞에서 저렇게 대놓고 물어보실 줄은 전혀 예상하지 못했다.

선생님이 나가시자마자, 채민이가 눈을 반짝이면서 말을 걸었다.

"야, 너 왜 말 안 했어?"

"그러니깐, 김미소 너 입 무겁다."

민지까지 거들면서 내 자리로 왔다.

"이럴까 봐 말 안 했다, 왜? 나 완전 쪽팔리니깐 그만하자. 응?"

"쪽팔리긴. 시도해 본 게 어디냐? 난 네가 대단하게 느껴지는데."

"별게 다 대단하네. 진짜 부끄러우니깐 암말 말아주라."

다행히 그 순간 1교시 시작종이 울렸다.

어제 오늘 내 인생은 쓰다 못해 아리다. 이런!

7
보람이의 위기

며칠째 비가 쏟아졌다.

여름이라 기온이 높은 데다 비 때문에 습도까지 높다 보니, 찝찝함이 장난 아니었다.

온몸이 찌뿌둥해 아침부터 기분이 좋지 않았다.

격하게 아무것도 하고 싶지 않았지만, 지구의 종말이 오지 않는 이상 결석은 있을 수 없다는 엄마 덕분에 몸을 일으켰다.

어른들은 월차다 연차다 해서 쉬면서, 우리 같은 학생들은 왜 안 되는 걸까?

내게도 쉬고 싶은 날은 학교에 가지 않을 자유가 생겼으면 좋겠다.

💬 1　　　민호야, 오늘 진짜 학교 가기 싫다. 너랑 놀고 싶어. ㅠ

　카톡 메시지의 '1'은 사라지지 않았다.

　민호는 카톡 볼 시간이 없나 보다.

　무거운 몸을 끌고 스쿨버스에 몸을 실었다.

　그런데 등굣길에 보니 오늘따라 학교 분위기가 이상하다.

　교문에 낯선 봉고차 몇 대가 서 있고, 차에는 낯선 방송국 이름이 적혀 있었다.

　'학교에 뭔 일이 있나?'

　몇몇 기자들이 정문 옆에 서서 카메라에 대고 알 수 없는 말을 하고 선 우리가 등교하는 모습을 찍어대고 있었다.

　그때였다.

　"학생들 모습을 동의 없이 함부로 찍으시면 안 됩니다. 당장 카메라 치우세요."

　2학년 학생부장 선생님이 기자들을 향해 소리를 지르고 있었는데, 얼마나 급하게 나왔는지 우산도 없이 비를 맞고 계셨다.

　영문을 알 수 없어 어리둥절했다.

　학교 안은 말 그대로 난리 법석이었다.

　실내화를 갈아 신는 입구부터 애들이 무리 지어 모여 있는 것이, 아무래도 뭔가 심상치 않았다.

　나만 모르는 일인가? 도대체 뭘까?

"미소야, 너 들었어?"

민지가 헐레벌떡 달려왔다.

옆에서 마침 실내화를 같이 갈아 신던 소담이도 궁금한 눈초리로 민지를 쳐다보았다.

눈치를 보니 소담이도 아직 모르나 보다.

"뭔데? 학교 분위기가 왜 이래?"

"너 진짜 모르는구나."

"글쎄 그러니깐 무슨 일이냐고?"

"박보람, 걔 학폭으로 교육청에 신고 들어갔고, 그것 때문에 지금 난리 났잖아."

"보람이가? 학폭으로?"

"진짜? 헐~"

평소 늘 차분하던 소담이까지 놀란 모양이었다.

휴대폰을 꺼내서 바로 검색해 보았다.

검색창에 보람이 이름을 넣으니 기사가 바로 떴다.

박보람, 미성년 아이돌 연습생들과 술 파티

더 놀라운 사실은 보람이가 학교폭력으로 신고되었다는 기사였다.

믿을 수가 없는 기사들이 온통 떠 있었다.

아침부터 기자들이 몰려왔던 이유가 이거였구나.

"우리 박보람네 반으로 가볼까? 술 파티는 몰라도, 학폭은 그 반 애들한테 물어보면 알 거 아니야?"

"나중에 알게 되겠지. 굳이 가서 물어볼 것까지야……."

"야, 궁금하잖아."

"난 하나도 안 궁금한데. 그냥 우리 반으로 가자. 자, 가자, 가자."

민지의 호기심 가득한 눈을 모른 척하면서 등을 떠밀어 억지로 우리 반 쪽으로 향했다.

뭐가 어떻게 된 건진 모르겠지만, 보람이가 직접 말을 한 것도 아닌데, 굳이 그렇게 확인하고 싶지 않았다.

학교폭력은 사실 결과가 나와봐야 누가 가해자인지 피해자인지 명확해지는 경우가 흔히 있다.

보람이가 술 파티며 학폭이며 그런 일을 저질렀다고? 난 믿기 힘들었다.

사실 보람이는 강해 보이지만 여린 아이였다.

사진 숍에서 연락처를 주고받은 후 그동안 난 보람이와 디엠으로 서로를 알아갔다.

그러면서 보람이가 누구보다 자존감이 높은 아이고, 얼마나 데뷔를 위해 열심히 준비했는지, 그래서 곧 데뷔 티저 공개를 앞두고 있다는 것까지 알고 있었다.

그런 보람이가……. 믿을 수가 없었다.

일단 직접 보람이에게 확인하기 전까지 인터넷 기사는 믿지 않기로 했다.

아니나 다를까, 반 분위기는 엉망진창이었다.

친구들은 다들 보람이 이야기로 야단이었다.

세상 예쁜 척은 혼자 다 하더니 웃기는 년이라는 말, 뒤로 엄청 호박씨를 깐다더니 겁을 상실하고 술까지 마신다는 말이 귀에 꽂혔다.

믿을 수가 없다는 말은 오히려 순한 맛이었다.

"야, 아직 결과도 모르는 일로 이렇게 욕까지 하는 건 좀 심한 거 아니야?"

나도 모르게 울컥해 말을 내뱉고 말았다.

"뭐야 김미소, 넌 또 왜 나대냐? 우리가 욕을 하든지 말든지 네가 뭔 상관인데? 너 박보람 대변인이야?"

반에서 욕 정도는 거침없이 하면서 분위기를 흐리는 아영이었다.

옆에서 채민이가 내 팔을 잡아당겼다.

상대하지 말라는 뜻인 줄 알았지만 참을 수가 없었다.

"술 사건도 그렇고 학폭도 확인된 건 아무것도 없는데, 왜 욕을 하고 난리냐고?"

"이년 웃기네. 네가 뭔데? 욕을 하든 말든 네가 뭔 상관이냐고? 존나 어이없네."

그때였다.

담임 선생님이 들어오셨다.

"반 분위기가 왜 이래? 자리에 다들 앉아."

한가 보다.

아침부터 눈물을 흘리는 바람에 채민이의 눈이 빨갰다.

속이 상한 채민이를 위로해 주고 싶지만, 뭐라고 말을 해야 할지 모르겠다.

마침 박똥이 교문에 들어서는 게 보였다.

막 아는 척을 하려는 박똥에게 난 오른손 집게손가락으로 '쉿'이라는 손짓과 함께 사인을 주었다.

그리고 채민이를 가리키고선 울었다는 시늉을 했다.

이번에는 눈치를 챙긴 박똥은 눈을 크게 부릅뜨고선 '왜'라는 말을 입 모양으로 대신했다.

길게 설명하기 복잡해서 일단 휴대폰을 들고 카톡으로 말하겠다는 사인을 주었는데, 박똥이 알아들었는지는 모르겠다.

> 🗨 좋아하던 오빠한테 고백했다가 까임.
>
> 🗨 그래서 우는 거라고?
>
> 🗨 오늘 눈치껏 행동하길 바람. 불똥 튀면 곤란함.
>
> 🗨 ㅇㅋ

박똥과 채민이는 으르렁거릴 때는 서로 못 잡아먹어서 안달이지만, 티키타카가 잘 맞는 날에는 그런 케미가 없을 정도로 사이가 좋았다.

오죽하면 담임 선생님도 둘이 사귀냐면서 물어봤을 정도니 말해

아영이와 그 무리는 아무 일 없다는 듯 다들 제자리에 앉았다.

분했지만 나도 일단 앉는 수밖에 없었다.

"다들 말 안 해도 보람이 일로 지금 학교가 어수선한 거 알고 있지?"

"……."

"이럴 때일수록 말조심해야 한다. 특히 밖에 방송국 차량과 기자들이 왔다갔다 하던데, 절대 인터뷰에 응하면 안 된다. 내가 아무 생각 없이 한 말이 누군가에게 폭력이 될 수 있다는 사실 명심하렴. 오늘은 2학년 선생님들 긴급회의가 있어서, 오전은 자습하는 걸로 할 테니깐 그렇게 알고 있자. 알겠지?"

"네."

선생님이 나가자 딱 5초 만에 반 상태는 개판이 되었다.

1교시 시작 종이 울렸지만, 자습을 준비하는 애는 한 명도 없었다.

하긴 학교 상태가 이런데 공부가 될 리 없었다.

생각할수록 어이없었다.

절대 보람이는 그럴 애가 아닌데, 내가 아는데…….

카톡 메시지를 열었다가 닫았다가를 반복했다.

보람이에게 연락해 보고 싶었지만, 나까지 어쭙잖게 연락해서 그렇지 않아도 힘든 보람이를 더 힘들게 만드는 건 아닐까 하는 생각이 들었다.

"미술과 2학년 김미소 학생은 지금 바로 Wee 클래스로 오길 바람니다. 다시 한번 안내합니다. 미술과 2학년 김미소 학생은 방송을 듣는 즉시 지금 Wee 클래스로 오길 바랍니다."

난데없이 내 이름이 방송 스피커로 나왔다.

왜? 채민이와 민지가 눈을 동그랗게 뜨고 날 쳐다보았고, 동시에 반 아이들 역시 모두 나를 쳐다봤다. 그 와중에도 아영이는 나를 째려봤다.

"뭔지 모르지만 불안하다. 널 왜 부르는 거야?"

"뭐 짐작 가는 거 없어?"

채민이 물음에 난 고개만 저었다. 무슨 일인지 불안할 뿐, 나도 아는 게 없었다.

"일단 갔다 올게."

"응."

"야, 김미소. 박보람 학폭에 너도 상관 있냐? 그러니까 부르는 거 아니냐고. 안 그래, 애들아? 구라 치지 말고 솔직하게 말해라."

'저게 진짜!'

끝까지 아영이는 신경 긁는 소리를 해댔지만, 애써 무시한 채 Wee 클래스로 갔다. 상담 선생님과 담임 선생님이 함께 계셨다.

"네가 미소구나. 앉을래?"

"네……."

"짐작은 하겠지만, 보람이에 대한 일 학교에서 조사 중이고, 참고하려고 미소도 불렀어. 그동안 보람이와 꽤 연락을 주고받은 걸로 아는데, 맞니?"

"네……."

"겁먹을 거 없어. 그냥 네가 아는 대로만 솔직히 말하면 되는 거야. 혹시 미소가 힘들까 봐 선생님이 옆에 같이 있을 거니깐 편하게 상담 선생님께 말씀드리고 같이 나가자."

담임 선생님이 내 손을 잡아주셨다.

떨렸던 마음이 조금은 가라앉는 것 같았다.

상담 선생님은 그동안 보람이와 얼마나 자주 연락했는지, 이번 학폭 사건에 대해 보람이가 내게 말한 적이 있는지를 물어보았다.

상담 선생님의 물음에 답을 하면서도 불안했다.

혹시 내가 잘못 말해서 보람이가 더 큰 곤란을 겪지 않을까 하는 걱정도 되었기 때문이다.

"그래, 고생했다. 미소야. 이만 교실로 가도 좋아."

"저, 선생님, 보람이 이제 어떻게 되는 거예요?"

"글쎄, 아직은 조사 중이라 선생님이 미소에게 해줄 말이 없는데."

"……."

"하지만 분명한 건, 보람이가 잘못한 게 없다는 점이 밝혀지면 별일 없을 거란 사실이야."

"학폭 때문에 보람이가 소속사 퇴출 위기라는 인터넷 기사도 봤거든요. 걱정돼서요."

"벌써 그런 기사가 떴니? 인터넷에는 가짜 뉴스도 많으니 지금은 조금 지켜봐야 할 것 같아, 안타까운 일이지만."

"미소야, 이제 교실로 돌아갈까?"

담임 선생님이 말씀하셨고, Wee 클래스를 나섰다.

선생님을 뒤따르면서 복도 바닥만 쳐다보았다.

어느새 점심시간이라 급식실로 갔지만 밥이 넘어가질 않았다.

더 먹다가는 체할 것만 같아 절반 넘게 밥을 남겼다.

"우리 박보람네 반에 가보자, 응? 미소야."

민지가 내 눈치를 보면서 다시 한번 말했다.

사실 나도 궁금했다.

정말 보람이가 학폭이라고 할 만한 행동을 했는지 말이다.

다들 그냥 떠도는 말을 전하고 전할 뿐, 정작 확인된 건 아무것도
없었다.

"그래. 가보자."

"맞아, 가서 확인해 보는 게 나을 듯."

보람이네 반 역시 어수선한 건 매한가지였다.

하긴, 온 학교가 떠들썩한데 별 수 있을까?

1학년 때 같은 반이었던 민서가 보였다.

"민서야."

"설마 너도 보람이 일 때문에 온 거야?"

"보람이 학교 왔어?"

"이 와중에 왔겠냐? 걔 학교 안 온 지 며칠 됐어."

"근데 학폭 진짜야? 같은 반이니깐 알 거 아니야?"

민서 옆에 있던 애들은 자기네들끼리 얼굴을 번갈아 쳐다봤다.

곤란한 표정이었다.

"사실 우리 담임이 아침에 반 애들한테 경고했거든. 학교에서 조사 중인 일 소문 내고 다니지 말라고."

"아, 그래?"

"특히 보람이는 소속사 문제까지 있으니깐 제발 입조심 하라고 말이야. 우리도 아직 확실한 건 몰라. 학폭 당사자인 애들은 지금 줄줄이 불려가서 조사 중이고, 보람이는 학교에 안 나오고 있으니깐."

"그렇구나. 알겠어."

그때였다. 점심시간이 끝나는 종이 울렸고, 다음에 보자는 말을 남기고 채민이, 민지와 교실로 되돌아와야 했다.

오후에는 시간표대로 수업이 진행되긴 했지만, 학교는 여전히 엉망이었다.

나도 답답해서 견딜 수가 없었다.

5, 6교시는 전공 수업이 이어졌지만, 그림은 그리는 둥 마는 둥 했다.

선생님들도 교실을 자주 비우셨고, 아이들은 선생님이 나가면 우르르 무리를 지어 자신들이 들은 보람이에 대한 카더라 통신을 부풀려 전하기에 바빴다.

종일 꿀꿀했다.

학교에는 한차례 바람이 세게 지나갔고, 어수선한 하루였다.

어느새 저녁 9시가 다 되었다.

'보람이에게 연락해 볼까? 받기는 할까?'

초조하게 휴대폰만 바라보며 만지작거리는데, 엄마가 큰 소리로 불렀다.

"미소야, 거실로 니와봐."

"왜?"

"나와보면 안다니깐. 빨리."

뉴스에선 연예 소식이 나오고 있었다. 침이 꼴깍 넘어갔다.

"최근 아이돌 연습생 박보람 양이 학교폭력에 연루되어 충격을 주고 있습니다. 박보람 양이 재학 중인 학교 측에선 학교 자체 조사를 진행하고 있으며, 진행 중인 사건이라는 이유로 해당 사건에 대해 말을 아끼는 중입니다. 한편 박보람 양이 소속된 GMG에서는 학교폭력 조사 결과에 따라 회사의 의견을 밝힐 것이라는 공식 답변을 내놓으면서 퇴출 여부에 대해선 말을 아꼈습니다."

학교 정문이 커다랗게 자료 화면으로 뉴스에 보도되고 있었다.

모자이크 처리가 되어 있었지만, 누가 봐도 우리 학교였다.

맙소사, 소속사 퇴출? 일이 더 심각해지는 모양이다.

"보람이 학폭 진짜야? 어허, 딸램아, 중학생인데 아직도 입에 손톱이 가면 어쩌냐?"

나도 모르게 손톱을 물어뜯고 있었나 보다. 휴~

"나도 아직 잘 몰라."

"근데 뉴스까지 나오는 거 보니, 보통 일은 아닌 것 같은데."

"보람이는 그럴 애가 아닌데……."

카톡이 연달아 울리기 시작했다.

"뭐지?"라며 엄마가 다른 뉴스를 보는 틈을 타 내 방으로 슬며시 들어왔다.

채민이, 민지와 셋이 있는 채팅방은 이미 난리였다.

> 💬 채민 봤어? 방금 뉴스에 박보람 기사 나오던데?
>
> 💬 민지 응, 당근 봤지. 어쩌냐? 소속사 퇴출 이야기도 나오는
> 모양인데.
>
> 💬 채민 세상에, 보람이 괜찮은 걸까?
>
> 💬 민지 ㅇㅇ
>
> 💬 채민 근데 진짜 학폭 맞는 거야?

그러게.

나도 궁금하다.

정말 내가 아는 그 보람이가 학폭에 관여한 게 맞을까?

🗨 채민	미소는 보람이랑 연락하는 사이이니깐 물어보면 되는 거 아닌가?
🗨 민지	그래, 맞다. 미소야, 보람이한테 물어봐.
💬 나	글쎄, 나도 걱정되긴 하는데, 이 와중에 물어보는 게 맞는 건지 모르겠다. 솔직히.
🗨 채민	그런가?

그때 휴대폰이 울렸다. 낯선 번호가 떠 있었다.

모르는 번호로 온 전화는 원래 받지 않는데, 왠지 받아야 할 것 같은 느낌이 들었다.

"여보세요?"

"흑……."

"여보세요? 여보세요? 혹시 보람이니?"

"……."

"보람아, 보람이 맞지?"

"흑흑……."

보람이다.

이 시간이면 늘 연습실에 있던 보람인데, 낯선 번호로 전화가 온 것부터 뭔가 이상했다.

게다가 보람이는 울고 있었다.

"보람아, 어디야?"

"……나 이제 어떻게 해, 미소야."

"보람아, 어디냐니깐?"

"나 뭘 어떻게 해야 할지 모르겠어. 너무 무서워. 사람들이 다 내 욕만 해."

"무슨 소리야? 누가 널 욕하는데? 그리고 난 너 욕 안 해. 널 믿으니깐."

"흑흑흑……. 너무 무서워. 내가 아니라고 아무리 말해도 사람들이 다 내 탓이래. 내가 뭘 더 어떻게 해야 되니? 아무도 믿어주지 않는데."

"보람아……."

학교폭력 가해자로 자신을 신고한 학생은 같은 2학년도 아니고 3학년 언니라고 했다.

보람이 말로는 5월 말인지 6월인지 정확히 기억나지 않는데, 운동장에서 딱 한 번 마주친 일이 전부라고 했다.

체육이 끝난 뒤 수돗가로 가서 손을 씻으려고 줄 서서 기다리고 있는데, 그 3학년 언니가 손을 씻고 뒤를 돌면서 아무 생각 없이 손을 털었다고 했다. 그런데 하필 털었던 물이 바로 뒤에 서 있던 보람이 무리에게 고스란히 튄 모양이었다.

그러자 보람이 무리 중 한 명이 '뭐야, 왜 물을 다 튀기고 난리야? 아, 씨발. 체육복 다 젖었네'라고 말했고, 그 언니는 보람이 무리를 노려봤단다.

그러더니 보람이를 쳐다보았고 '너희, 두고 봐'라고 말하더니 쌩하니 갔다는 거다.

그게 다라는 거다.

아, '두고 보라는 것들 치고 무서운 년이 없던데'라며 무리 중 또 다른 한 명이 비웃으며 말했다고 한다.

보람이 기억에는 대수롭지 않은 일이었는데, 두 달이 지난 지금 난데없이 그 언니가 학폭으로 신고를 했다는 것이다.

그것도 제일 심하게 욕을 했다면서 보람이를 지목했다고 한다.

더 웃기는 건 분명 욕을 한 건 보람이가 아닌 다른 아이들인데, 조사과정에서 보람이가 욕을 한 게 맞다며 그 아이들이 학교폭력 조사과정에서 거짓 진술을 하고 있다는 거다.

무슨 이유인지 모르겠지만, 하지도 않은 일을 보람이에게 덮어씌우는 중이었다.

그러면서 보람이가 자신은 욕을 한 적이 없다고 말해도, 오히려 거짓말이라면서 나머지 애들이 몰아붙인다고 했다.

하긴 그날 그 자리에 있었던 세 명이 입을 맞춘 듯 보람이가 욕을 했다고 거짓 진술을 하고 있으니, 상황은 보람이가 거짓말을 하는 것으로 돌아가고 있다.

'그때 사진 숍에서 봤던 애들 아니야? 아, 아무리 생각해도 얼굴이 기억 안 나.'

"너무 무서워. 분명 욕은 지들이 해놓고 나더러 했대. 오히려 나

더러 왜 거짓말을 하냐며 따지더라. 정말 그 뻔뻔한 얼굴 앞에서 진짜……. 어이가 없어서 뭐라고 대꾸를 해야 할지 모르겠고, 난 바보처럼 눈물만 났어."

"못돼 처먹은 것들! 그럼 이제 어떻게 되는 거야?"

"나도 모르겠어. 학교에서는 거짓말쟁이가 됐고, 소속사에는 학폭위에서 조사 결과가 나오는 대로 결정 내리겠다고 하는데, 나…… 정말 이러다가 소속사에서 퇴출당할 것 같아. 무서워. 흑……."

"보람아……."

"매니저 언니가 연락했는데, 회사에선 요즘 학폭 사건에 사람들이 민감하다면서, 일이 안 좋은 방향으로 흘러갈 수도 있대. 안 좋은 방향이 뭔데, 도대체! 나 회사에서 쫓겨나는 거?"

"아닐 거야. 그럴 수도 있다고 말해주는 거겠지."

얼마 전 유행한 드라마 덕분에 학교폭력은 최근 사회적 이슈가 되었다. 학교폭력의 피해자였던 사람이 어른이 되어 가해자들에게 복수하는 내용이었다.

그 드라마가 방영된 이후 여기저기서 학교폭력에 연루된 연예인들이 공개적으로 사과하는 일이 종종 벌어졌다.

그렇지만 보람이와는 아무 상관이 없는 일들이다.

아닌데, 당사자인 보람이가 아니라고 하는데 도대체 뭐가 문제인지 난 이해할 수가 없다.

"죽고 싶어, 미소야……. 아니라고 얘기해도 날 믿어주는 사람은 아무도 없어. 아직 난 꿈을 향해서 한 발짝도 못 갔는데……."

"아니야, 보람아. 그렇게 생각하지 마. 그리고 난 너 믿어. 믿는다고."

"……."

전화가 끊겼다.

멍하니 휴대폰만 바라봤다.

'안 돼. 보람아, 그러지 마…….'

답답해서 미칠 것만 같았다.

보람이에게 걸려온 번호로 다시 통화 버튼을 눌러보았지만, 통화를 할 수 없어 음성 사서함으로 넘어간다는 말과 함께 '삐' 소리만 공허하게 들려왔다.

통화 후 보니 우리 반 단체채팅방에는 '확인하지 않은 메시지 99'가 떠 있었다.

가만히 있을 리 없는 애들이 멋대로 떠들고 있었고, 아이들 사이에서는 학폭이나 술 파티가 기정사실처럼 되어가고 있었다.

다들 아무것도 모르면서.

아니라고, 보람이는 그런 애가 아니라고 나라도 톡을 남겨야 했지만, 손이 떨려 그러지 못했다.

보람이를 지켜주는 말을 한마디라도 했어야 하는데, 그러지 못하는 내가 못나게 느껴졌다.

이 상황에서 보람이 편을 들다가 오히려 내가 몰릴 수도 있겠다는 생각에 사실 아무 말도 할 수 없었다.

정작 비겁한 건 헛소리를 떠들어대는 아이들이 아니라 나였다.

죽고 싶다는 보람이 말이 다시 떠올랐다.

보람이가 그런 말을 할 줄은 몰랐다. 얼마나 괴로우면 그런 생각이 들까?

불안한 마음에 방 안을 왔다 갔다 하다, 누구한테도 말하지 못하면 죽을 것 같아 민호에게 전화했다.

"민호야, 뭐 해?"

"이제 자려고. 이 시간에 전화 잘 안 하잖아?"

"혹시 알고 있어? 보람이 일로 우리 학교 지금 난리 난 거 말이야."

"아, 안 그래도 뉴스에 나왔던데. 듣긴 했어."

"응. 그런데 보람이는 절대 학폭과는 아무 관련이 없는데, 애들이 아무것도 모르면서 함부로 떠들어대. 그것 때문에 나 심란해."

"네가 왜 그걸로 심란한 거야?"

'이건 또 무슨 소리지?'

"왜냐니? 보람이는 절대 그런 애가 아닌데, 사람들이 알지도 못하면서 욕하잖아. 그걸 또 내가 알고 있으니깐 기분이 안 좋아서 그렇지."

"그니깐. 보람이 일 때문에 네가 왜 기분이 안 좋은지 난 잘 모르겠다고."

"너 무슨 말을 그렇게 해? 나랑 친한 보람이한테 안 좋은 일이 생겼

으니, 나도 기분이 좋지 않은 게 당연한 거 아니야? 보람이와 난 친구
잖아. 친구에게 큰일이 생겼는데, 도움이 안 되고 있으니깐. 근데 너
지금 말하는 것 보니깐 나한테 무슨 일 생겨도 아무렇지 않겠다!"

"미소야, 야, 김미소! 그건 아니지……."

화가 너무 나서 통화 종료 버튼을 눌러버렸다.

아무도 모른다. 징말로.

민호조차.

지금 보람이가 얼마나 힘든지, 힘이 되어주지 못하는 내가 얼마나
한심한지…….

내가 왜 기분이 안 좋은지 이해할 수 없다니? 무슨 말도 안 되는 소
리야?

원래 이렇게 냉정한 아이였나?

난 이렇게 마음이 아픈데, 그렇게 무심히 말하는 민호가 밉다.

8
아이돌은 하지 않으려고

다음날 급식을 먹고 막 교실에 들어섰을 때였다.

갑자기 교실 뒷문이 쾅 하며 거칠게 열렸다.

소라였다.

"대박 뉴스! 박보람 활동 중단한대."

"정말? 야~"

'뭐? 설마!'

믿을 수 없는 소라 말에 휴대폰부터 열어 인터넷 뉴스를 찾아보았다.

민지와 채민이도 어느새 내 옆에 와 있었다.

GMG의 신인 걸그룹 멤버 박보람(15)은 학교폭력 논란을 빚으면서 지난 14일 활동을 중단했다. 그룹은 음악방송 등에 박보람을 제외한 네 명만 출연하며 활동을 이어가고 있다. 하지만 각 소셜미디어에 그룹 사진이나 동영상 업데이트, 일정 안내는 중단됐다. GMG 수장이 공들인 첫 걸그룹은 데뷔 2주 만에 극심한 위기에 봉착했다.

"박보람 드디어 활동 중단?"

"역시 정의는 살아 있네."

"살아 있네, 살아 있어. 크크."

아영이와 소라의 비웃는 소리가 들렸다.

인터넷 뉴스의 속보에 난 두 손이 덜덜 떨려왔는데, 그 둘은 정의 운운하면서 대놓고 보람이를 비웃어댔다.

보람이는 엄밀히 말하면 학교폭력 논란을 뒤집어쓴 피해자였다.

그런데…… 이럴 수는 없다.

학교폭력 조사가 아직도 진행중이고, 결과는 나오지도 않았는데 왜 보람이만 이런 꼴을 당해야 하는 걸까?

참을 수가 없었다.

이제는 정말 가만히 있으면 안 될 것 같았다.

"어디 가는데?"

일어서려는 내 팔을 붙잡은 채민이와 민지가 불안한 눈빛으로 날

처다보았다.

"담임 선생님 만나러…… 아니, 보람이 담임 선생님을 만나야 하나? 아무튼 나 누구든 만나서 말해야 해. 보람이는 오히려 학폭 피해자라고 말해야 한다고."

"근데, 미소야. 아래 기사를 잘 봐. 보람이가 학폭을 인정했다는 말도 함께 나와 있다고."

"그래서?"

"본인이 인정했다는데, 네가 가서 뭘 더 이야기한단 말이야?"

"그건 사실이 아니라고. 내가 알아. 보람이가 나한테 어제 다 말했거든. 그러니깐 말하러 갈 거야."

한 층 위 보람이네 반으로 복도를 달려 허겁지겁 올라갔다.

숨을 컥컥대면서 보람이네 담임 선생님을 찾았다.

복도에는 그 반 아이들이 몰려 있었고, 분위기가 심상치 않았다.

그러다 화장을 제법 진하게 한 두 아이와 눈이 마주쳤다.

'그때 수돗가에서 3학년한테 욕을 했던 그 애들 아니야?'

"왜 남의 반 앞에서 얼쩡거리냐?"

"나 기억 안 나?"

"야, 네가 누군데 우리가 기억하냐?"

보람이는 왜 이런 애들과 어울렸을까? 그렇게라도 학교에서 친구들을 사귀고 싶었나…….

"수돗가에서 3학년 그 언니한테 욕한 거, 너희라는 거 다 알고 있어."

순간 당황하는 눈을 보니 틀림없었다.

"이건 또 뭐야?"

"왜 내가 틀린 말이라도 했어. 맞잖아. 너네가 한 거."

"웃기고 있네, 너 증거 있어? 증거 있냐고? 어디서 헛소리를 하고 있어!"

목소리가 점점 커지는 걸 보니 맞구나, 너희들.

"보람이가 나한테 말했거든. 니들이 욕했다고."

"이게 사람 잡네. 내가 팩트를 말해줄까? 박보람 본인 입으로 지가 욕했다고 심의위원회에서 까발렸어. 그래서 학폭 인정됐고. 됐냐? 좋은 말로 할 때 꺼져라!"

"……."

도저히 이해할 수 없었다.

학교폭력심의위원회에서 그냥 사실을 말하면 될텐데, 왜 보람이는 본인이 하지도 않은 일을 했다고 말한 걸까?

조금 떨어져 지켜보던 민서가 그 둘이 가고 나서 내게 다가왔다.

"미소야, 쟤들 말이 맞아. 결국 보람이가 본인이 욕을 했다고 심의위원회에서 진술했나 봐. 담임 선생님이 그렇게 말했어."

"그런데 보람이가 한 게 아니잖아."

"우리 반 애들도 그렇게 짐작은 하고 있었어. 딱 봐도 욕한 건 쟤네들 짓이라는 거."

"그럼 아니라고 말하면 되지, 왜 보람이는 거짓말을 하는 거야? 그럼 보람이만 억울하잖아."

"난들 알겠냐? 아무튼 본인이 조사과정에서 그렇게 말했으니, 가해자는 보람이가 맞다는 거야. 그런데 더 웃긴 건 뭔 줄 아냐?"

민서는 눈치를 보더니 내 귓가에 대고 속삭였다.

"그 정도 욕으로는 학폭 사안도 아니래. 사실 학폭 전담기구에서 사안 조사로 끝날 일이었는데, 피해자라고 말하는 3학년 학부모가 교장한테 난리를 쳐서 학폭 심의위원회도 열렸다고 들었어. 3학년 그 언니의 아빠가 변호사라는 소문도 있어. 아무튼 우리 반 남자애들이 선생님들끼리 교무실에서 말씀하시는 걸 들었다니깐 아마 맞을 거야. 근데 보람이가 왜 자기가 욕을 했다고 진술했는지는 우리도 잘 몰라. 상황이 이러니깐 네가 나설 일이 아니야. 그리고 괜히 나섰다가 저 둘한테 봉변당하지나 마. 일진이야! 조심해."

"……."

일진이니 조심하라는 말을 하기 위해 민서는 더 작은 소리로 말했다.

결국 내가 나설 이유가 없어졌다.

하지만 정말 이해할 수 없다.

왜 보람이는 하지도 않은 일을 굳이 거짓말까지 해야 했을까? 저 애들이 무서워서? 사실을 말하고 학교나 회사 측에 그냥 알리면 되지 않았을까?

머릿속은 더 복잡해져 갔다.

사실을 확인할 수 없으니 더 답답했다.

죽고 싶다고 말하던 보람이의 목소리가 더 생생하게 떠올라 미칠 것만 같았다.

하교할 때까지 보람이 생각으로 정말 머리가 터질 것처럼 아파왔다.

집에 와서도 내내 그 일이 머릿속에서 떠나지 않았다. 그래서 보지 않으려 해도 어느새 자꾸만 보람이 기사를 검색하게 되었다.

검색창에 '박' 글자만 쳐도 모든 관련 검색어는 이미 보람이 기사로 도배되어 있었다.

유튜브도 마찬가지였다.

보람이를 까는 개인 방송들이 줄줄이 이어졌는데, 그중에서도 제일 높은 조회수 10만 회를 기록한 어느 방송은 섬네일도 가관이었다.

누가 봐도 보람이로 보이는 사진에 눈만 모자이크 처리를 해놓았다.

'겁도 없이 데뷔했다가 더러운 과거 들통난 양아치 걸그룹 멤버'라는 문구를 보는 순간 눈물이 나도 모르게 주르르 떨어졌다.

'어른이라는 사람들이 어쩜 이럴 수 있는 거야?'

'알지도 못하면서. 나쁜 사람들.'

'보람아, 왜 해명하지 않는 거야? 아니라고 하면 되는 거잖아.'

심지어 보람이 인스타그램은 모두 비공개 처리되어 있었다.

보람이는 지금 뭘 하는 걸까? 내 마음이 이렇게 텅 빈 것 같은데, 보람이의 마음이 어떨지 상상조차 할 수 없다.

연락을 할 수 없으니 더 답답했다. 그러다 갑자기 지난번에 보람이가 알려준 이메일 주소가 생각났다.

이메일을 여는 순간 나는 정말 놀라고 말았다.

받은 메일함의 제일 위에 보람이가 보낸 이메일이 있었다.

얼른 마우스로 클릭한 후 열어보았다.

그리운 미소에게

보낸 사람 brPark09

받는 사람 미소미소^^

7월 24일 (월) 오전 6:30

미소야, 잘 지냈지?

생각보다 잘 지내고 있어, 난. 학교에 못 가서 그런지 본 지 오래된

느낌이야.

전학 가기 전에 너한테는 그래도 연락하고 싶었어.

아마 내가 학교에서 정말로 친구로 생각했던 아이는

너밖에 없는 것 같아.

우리가 조금 더 일찍 만났으면 어땠을까 생각해 봐.

함께한 시간도 추억도 더 많았겠지?

어쩌면 학교에서 그런 일도 없었을지 모르겠다……

이제 와서 아무 소용없는 말일지 모르겠지만.

나 다른 학교로 전학 갈 것 같아.

인사도 없이 가서 미안하지만, 도저히 다른 아이들을 볼 용기가 없어.

이번 일 겪고 나서, 사람들이 무서워졌어.

사람들 앞에 서는 게 도저히 자신이 없어.

그냥 예전의 나로 돌아가려고 해.

나 이제 아이돌은 하지 않으려고.

의외로 담담한 보람이의 메일을 보면서 가슴이 먹먹해졌다.

어렸을 적부터 아이돌이 꿈이었던 아이가 그걸 스스로 내려놓기까지 얼마나 힘들었을까?

보람이는 연습하는 게 힘들다고 말하면서도 눈빛은 늘 반짝거렸다.

연습실에서 춤과 노래 연습을 열두 시간씩 하면서 보내는 일상이지만, 꿈이 있어 행복하다고 말했다.

함께 연습하던 친구들이 평가에서 떨어져 한 명씩 나가떨어질 때도 보람이는 절대 포기하지 않았다.

결국 같은 또래 친구들이 없어 오랫동안 연습생을 해오던 언니들과 함께 데뷔 조로 뽑히던 날, 보람이는 울먹이면서 내게 전화했었다.

"미소야, 나 됐어! 드디어 데뷔 조에 뽑혔어!"

"진짜? 정말 잘됐다. 축하해."

"나 진짜진짜 이제 아이돌 되는 거야?"

"그러엄. 내가 너의 1호 팬이 되어줄게."   .

"고마워. 미소야, 나 너무 좋아서 눈물 나려고 해."

"울지 마, 보람아."

이렇게 데뷔한다는 소식에 눈물을 흘릴 정도로 좋아했는데, 스스로 아이돌을 그만둔다는 게 의아했다.

보람이는 그 정도로 힘들었던 걸까?

내가 모르는 무언가가 또 있는 걸까?

왜 끝까지 학교폭력 가해자는 본인이 아니라, 그 나쁜 것들이라는 걸 밝히지 않았는지, 이해되지 않았다.

미소야.

처음에는 나도 내가 아니면 그만이라고 생각했어.

근데 그게 아니었어.

나도 모르는 새 하지도 않은 일을 한 가해자가 되어 있었어.

가해자…… 가해자…… 이 단어가 요즘 머릿속에서 떠나지 않아.

날 학폭 가해자로 신고한 그 언니 아빠가 알고 보니 변호사였어.

아마 철저히 준비했겠지?

사건이 벌어진 날 함께 있었던 그 세 명과 변호사님이

여러 번 만났나 봐.

셋은 철저히 거짓 진술로 그날 욕은 내가 한 걸로 말을 맞추기로

했나 봐. 날 가해자로 몰고선.

그러면서 그 변호사님은 회사 측에도 연락했어.

내가 가해자로 인정하지 않고 지금처럼 버티면 추가적으로

형사고소 또는 민사소송, 상황에 따라서는 두 가지 모두를

진행하겠다고 했대.

그 언니가 정신적 피해가 너무 크다고…….

회사도 처음에는 회사 차원에서 대응하겠다고 했지만,

그쪽 변호사님이 그렇게 나오니 회사 법무법인 측에서 날 불러서

내가 진짜 가해자가 아닌 게 맞냐며 만일 가해자로 밝혀질 경우

회사 피해는 엄청나다고 말하더라.

회사 대표님도 나한테 들인 돈이 도대체 얼마인지 알고는 있냐고

말하고. 더 참을 수 없는 게 뭔지 알아?

회사 홈페이지에 나처럼 학폭 가해자인 사람은 절대 아이돌 하면

안 된다는 악성 댓글이 엄청 올라오고 있다고 들었어.

내가 이 상황에서 무슨 말을 더 할 수 있을까…….

다 내가 잘못이래. 아무것도 모르면서 말이야.

  수상한 이모티콘, 꿈은 이루어진다

그래도, 그래도 다른 건 참을 수 있는데,

나 같은 애가 뻔뻔스럽게 아이돌이랍시고 텔레비전에 나오는 게

너무 역겹다는 댓글을 보는 순간 정말 어디로 숨어버리고 싶다는

생각만 들었어.

내가 뭘 하든 사람들이 날 싫어한다는 생각이 드는 순간,

이대로 눈을 뜨지 않았으면 좋겠다는 생각이 머릿속에 맴돌아.

지금은 누굴 만나는 게 어려워.

학교도 가기 힘들고.

난 그만 다니고 싶은데, 그건 불가능하다고 해서

다른 학교로 전학 갈 예정이야.

학교에 미련은 없지만 마음에 걸리는 건 너를 볼 수 없다는 거야.

그리고 너와 조금 더 시간을 보내지 못했다는 거랑.

미소야,

넌 꼭 하고 싶다던 이모티콘 작가의 꿈 꼭 이루길 바라.

내가 기도할게. 심사에도 다시 도전해 보고.

우리도…… 언젠가 다시 볼 수 있을 거라 생각해.

잘 지내. 많이 그리울 거야.

너의 친구 보람

그랬구나.

내가 상상조차 하지 못했던 많은 일들이 일어나고 있었구나.

보람이의 이메일을 보고서야 비로소 이해할 수 있었다.

그때였다.

갑자기 휴대폰의 진동이 울려 하마터면 놓쳐서 떨어뜨릴 뻔했다.

"어, 임마……."

"미소야, 엄마가 외할머니 모시고 병원 갔다가 약국가서 약까지 타서 드리다 보니 세상에, 시간이 이렇게 된 줄도 몰랐네. 아빠도 하필이면 오늘 회식이라고 하고. 엄마가 지금 출발해도 집에 도착하려면 시간 많이 걸리는데, 우리 딸 배고파서 어쩌지?"

"괜찮아, 배 안 고파."

"그래도 밥 안 먹으면 못써. 교통카드 편의점에서도 쓸 수 있는 거 알지? 편의점 가서 삼각김밥이랑 컵라면이라도 사 먹으면 좋겠는데. 응?"

"어……."

"뭐라고? 좀 크게 말해봐. 안 들려."

"알겠다고!"

"그래, 까칠하기는. 꼭 사 먹어. 엄마 두 시간 뒤쯤 도착할 거야. 끊어."

"네."

뭘 먹고 싶은 마음은 아니었지만, 혼자 덩그러니 집에 있으면 더 우울해질 것 같아 편의점으로 향했다.

내가 제일 좋아하는 참치 삼각김밥과 우동 맛 컵라면을 교통카드로 계산한 뒤 편의점 한쪽 구석에 앉았다.

유리창 너머 오토바이가 쌩하니 지나갔다.

오토바이가 지나간 뒤에 내 또래쯤 보이는 아이들도 우르르 지나갔는데, 날 보더니 편의점으로 들어왔다.

애들이 깔깔대는 모습을 보면서 컵라면 뚜껑 위에 있던 삼각김밥 포장지를 막 벗기려던 참이었다.

"박보람 기사 봐봐. 어쩔?"

"진짜 회사에서 퇴출당한 거임?"

'아까는 분명 활동 중단이라는 기사만 떴는데?'

"퇴출요? 어디요? 어디에 그런 기사에 떴는데요?"

"저기, 누구세요?"

난 제정신이 아니라, 누군지도 모르는 그 애들에게 달려들어 그런 기사가 어디에 떴는지 물었다.

[속보]

그동안 학교폭력으로 논란을 일으켰던 박보람(15)은 결국 데뷔 2주 만에 활동을 중단했으며, 소속사 GMG는 공식 홈페이지를 통해 박보람의 전속계약 해지를 알렸다. 19일 GMG 측은 "박보람의 거취 및 나머지 멤버의 향후 활동 계획에 대해 말씀드린다"라

며 "당사는 또한 전속계약 해지에는 박보람의 의사를 반영하였음
을 알려드린다"라고 알렸다.

난 컵라면이 있던 자리로 돌아와 그대로 주저앉아 버렸다.

다리에 온 힘이 풀려서 서 있을 수가 없었다.

그 애들은 내 쪽은 힐끔 보더니 '뭐야?' 하고는 들고 있던 음료수와
젤리를 계산하고 서둘러 나갔다.

학교폭력 사건이 알려진 지 2주 만에 보람이는 회사로부터 퇴출당
했다.

기말고사 기간쯤 보람이의 얼굴이 티저로 공개된 직후 온라인 커
뮤니티에 학교폭력 폭로 글이 올라오기 시작했지만, 데뷔는 진행되
었다.

그래서 다행이다 싶었는데, 결국 일은 걷잡을 수 없는 방향으로 흘
러가고 있었다.

보람이가 실제로 학교폭력의 가해자라는 증거도 없이, 더구나 학
교폭력 거리도 아니라는 그 일로 보람이의 꿈은 끝나버렸다.

'내 마음이 이런데, 보람이의 속은 지금 속이 아니겠다.'

'어떡해? 보람아……'

"아이고, 학생. 컵라면에 물 부은 지가 언젠데 아직도 이러고 있
어? 면 더 불면 못 먹어. 얼른 먹어."

편의점 사장님으로 보이는 아저씨가 다가와 말을 거는 순간 나도

모르게 참지 못한 눈물이 툭 흘러넘쳤다.

"무슨 일 있어? 왜 우는 거야, 학생? 어? 왜 그래?"

"아저씨…… 흐흐흑."

"우리 딸하고 나이도 비슷해 보이는데, 속상한 일이 있나 보네. 그래도 계산한 거니깐 어여 먹어."

"죄송해요. 지금 도저히 못 먹겠어요……."

"저런! 그럼 다음에 오면 아저씨가 같은 걸로 줄 테니깐 꼭 다시 와."

"네……."

마음 같아선 당장 만나서 보람이를 위로해 주고 싶었다.

힘들지? 라며 지금 죽을 듯이 힘들 보람이를 안아주고 싶었다.

하지만 그럴 수가 없다.

편의점을 나서면서 소용없을 거란 생각을 했지만, 다시 한번 보람이에게 연락을 해보았다.

"고객님의 전화기가 꺼져 있어 삐 소리 이후 음성 사서함으로 연결됩니다. 연결된 이후 통화료가 부과됩니다. 삐―"

'난 알아. 네가 잘못한 게 아니라는 걸. 그리고 하고 싶은 게 많은 친구라는 것도. 보람아, 어디 있니……. 너와 내가 서로를 생각하는 마음이 깊다면 꼭 다시 만날 수 있으리라 생각해. 그날까지 마음속으로 널 응원할게! 보람아, 많이 보고 싶어…….'

9
채민이와 박똥은
얼레리 꼴레리

이틀 뒤면 여름방학이다.

하지만 방학이면 뭐하나 싶다. 며칠 쉰 뒤, 가을 미술 전시회를 준비하기 때문에 다시 학교로 고스란히 등교해야 한다.

무려 일주일이나! 이게 무슨 방학일까? 에고…….

"자, 미전 때 다들 뭐할지 정했지?"

"아~우~"

"반응이 왜 이래? 난 분명히 전달했다. 오늘까지 담당 전공 선생님께 말씀드리는 거 잊지 말기!"

담임 선생님은 청소 시간에 다시 한번 가을 미술 전시회 말씀을 전달하시곤 나가셨다.

미전은 은근히 신경 쓸 게 많다.

1학년 때는 뭣도 모르고 대충 해서 냈지만, 지금은 그게 아니다. 그땐 친구들 따라 잘 만들지도 못한 도예를 해서 냈다가 폭망해, 이번 미전에서는 잘 해내고 싶었다.

"너네 뭘로 할 거야?"

민지의 물음에 난 대답 대신 턱에 손을 괸 채 한숨만 쉬었다.

한국화를 하고 싶긴 한데, 그렇다고 자신 있는 건 아니었다.

"난 한국화. 꽃 그려보려고."

"나도. 한국화로 하고 싶긴 한데, 어렵다고."

한국화 그리기로 통한 채민이와 난 서로를 부둥켜안으면서 등을 장난스레 두드렸다.

역시 통한다니깐.

"야, 둘 다 한국화 하면 나도 같이 해야만 할 것 같은 느낌? 난 도예 하고 싶단 말이야."

"그대는 그대가 하고 싶은 대로 하시오."

"아~ 그런 거요. 알겠소."

채민이와 민지의 사극 톤 말투에 한바탕 웃었다.

'맞다. 봄에 장미꽃 사진 찍어둔 거 있는데, 그걸 그려볼까?'

휴대폰 갤러리를 뒤져 장미꽃 사진을 찾았다.

아, 여기 있네. 색색의 장미꽃 사진을 찾아 불쑥 채민이에게 내밀었다.

"짜잔~ 어때?"

"이걸로 그리게? 와, 언제 찍었대? 예쁘다."

"갑자기 이 장미꽃 사진이 생각나지 뭐야. 이걸로 서로 조금 다르게 그리면 되지 않을까?"

"진짜? 비슷하게 해도 되는 고얌?"

"되지요. 암요."

"어어, 둘만 친한 척하면 나 삐짐."

"그럴 리가 있냐?"

난 채민이와 민지의 양쪽 팔짱을 끼고 교실 문을 나섰다.

그때였다.

뒤에서 날 부르는 소리에 돌아보니 소담이었다.

웬일?

"미소야, 아까는 엿듣는 거 같아 말 못 했는데, 저기, 나도 장미꽃으로 한국화 도전해 보려고. 미전 때 말이야."

"어…… 그래? 근데 나한테 굳이 말하는 이유가 뭐야? 내가 찍은 사진 보고 우리랑 비슷하게 그리고 싶어서?"

"아니, 그런 건 아니고. 나도 장미꽃으로 그림 그리고 싶다고 생각했는데, 너들도 한다니깐 혹시 나중에 따라 했다고 오해할까 봐 미리 말해두려고."

"오해 안 해. 됐지?"

"어……."

"애들아, 뭐해? 가자!"

더 이상 할 말이 없어진 난 소담이를 뒤로한 채 민지, 채민이와 나란히 걸었다.

"미소야, 근데 난 어째 소담이가 너랑 친해지고 싶어하는 것처럼 느껴진다."

"어, 아니야!"

"야, 농담 아니고. 예전부터 난 그렇게 느꼈는데?"

"나도. 미소 넌 못 느꼈는지 모르겠지만, 한 번씩 소담이가 너 쳐다볼 때 있어."

"그래? 난 한 번도 못 느꼈는데?"

"나도 잘 몰랐는데, 우리 셋이 얘기할 때 이상하게 눈이 한 번씩 마주치더라고."

"맞아, 나도 느꼈음."

민지와 채민이가 그렇게 느꼈다면 맞을지도 모르겠다.

내가 그런 쪽으로는 촉이 느려선지 잘 몰랐던 사실이다.

소담이가 나랑 친해지고 싶어 한다고? 왜? 내게 교실에서 말을 건 적도 별로 없는데, 정말 그런 걸까? 알다가도 모를 일이었다.

그런데 가다 보니 버스 정류장과 반대로 가고 있었다.

"근데 우리 어디로 가는 거야?"

"우리는 지금 떡볶이 먹으러 가는 거요. 눈치 좀 챙기시오."

"야~ 크크."

우리 셋이 가는 단골 떡볶이 가게가 코앞에 왔을 때, 저 멀리서 박똥이 스치듯 보였다.

잘못 봤나 싶어 다시 눈을 크게 뜨고 보니, 없었다.

그럼 그렇지, 여기서 박똥이 왜 나와?

"떡볶이 2인분이랑 참치김밥 두 줄이면 되지?"

"네 줄 시키자."

"네 줄이나? 아이고 우리 채민이 배고팠쪄?"

"이모, 저희 떡볶이 3인분, 참치김밥 네 줄, 쿨피스 자두맛도 같이 주세요."

"응, 잠깐만 기다려."

"이모, 닭강정도 작은 거 하나 주세요."

"오늘 많이 시키네."

"네, 한 명 더 올 거거든요."

채민이가 난데없이 한 명이 더 온다고 말했다.

입 모양으로 '누구?' 했더니 얼른 대답하지 않는다. 이상한데.

"저기…… 있잖아, 미소야……."

"그래, 신채민아, 말해라. 답답하다."

"저기……."

"빨리 말 안 할래?"

"나 동찬이랑 사귀기로 했어."

오 마이 갓!

'내가 뭘 잘못 들었나? 얘가 지금 뭐라는 거야? 누구랑 누가 사귄다고? 박똥이랑 신채민이 사귄다고?'

"이것들이! 언제, 언제부터야?

깜짝 놀라 마시던 쿨피스를 뿜을 뻔했다.

"진작 말하려고 했는데, 보람이 일 때문에 네가 하도 기분이 안 좋아 보여서 말 못 했지!"

"그래도 그렇지. 말도 안 하고 말이야? 죽을래? 민지, 넌 알고 있었어?"

민지는 장난스레 고개를 끄덕인다.

"와~ 진짜, 나만 몰랐어. 배신감 쩐다."

"그래서 지금 얘기하잖아. 미안해."

채민이는 말은 미안하다고 했지만, 얼굴에는 감출 수 없는 웃음이 넘치고 있었다.

"뭐, 미안할 것까지야. 그럼 박똥은 어디에 있냐?"

"내가 카톡 보내면 바로 여기로 오기로 했어."

음, 역시.

내가 아까 잘못 본 게 아니었다.

채민이가 잽싸게 톡을 보내더니 정말 15초 만에 박똥이 떡볶이 가게로 들어왔다.

머리를 긁적이면서 들어오는데, 얼마나 웃긴지!

"안녕?"

하면서 태연히 채민이 옆에 앉았다.

둘이 나란히 앉아 있는데, 그 모습에 어이가 없었다. 참나.

"야, 박똥. 언제부터야? 채민이랑 사귀기로 한 거?"

"얼마 안 됐어. 기말고사 때부터니깐 한 20일쯤?"

"아니거든. 정확히 19일 됐거든. 그리고 김미소, 이제 동찬이라고 불러줄래? 박똥이라고 하지 마."

헐, 우리 채민이 변했어.

"아이고, 조심하겠습니다."

"그래. 조심해 주라."

"네에~ 네에~."

둘이 싱글벙글하는 모습을 보니 웃기면서도 기분이 묘했다.

둘 다 내 친구들인데, 사귄다고 하니 조심스럽기도 하고 어쩐지 기분이 간질간질했다.

문득 민호가 떠올랐다.

헤어졌다가 다시 만났을 때 민호가 많이 배려해 주었던 때가 생각났다.

보람이 일로 괜히 심통 내면서 며칠 연락 안 했는데, 집에 가면 내가 먼저 연락해야겠다는 생각이 들었다.

떡볶이를 다 먹고 가게를 나오는데, 박똥, 아니 동찬이가 물어왔다.

"미소야, 보람이랑 연락은 돼?"

"아니……. 나도 연락 못 한 지 좀 됐어."

"그랬구나. 보람이 전학 간다는 소문이 있던데, 넌 좀 알까 싶어서."

"나도 듣기만 한걸."

"그래, 나도 떠도는 소문만 들어서 뭐가 사실인지는 정확히는 모르 겠지만, 확실한 건 보람이가 잘못이 없다는 것만은 알아."

"그러게. 잘못한 것도 없는 애는 학교도 못 나오고, 정작 잘못한 것 들은 저렇게 당당하게 학교에 오고, 에휴……. 아무튼 이제 어디로 갈 건데?"

"동찬이랑 난 사진 찍으러 갈 거야! 같이 가자."

"됐다. 민지랑 나랑은 먼저 간다. 안녕!"

"야, 같이 가자~"

"그 정도 눈치는 우리도 있거든. 커플 사진 많이 찍어. 내일 봐."

"모레면 방학인데, 우리 내일 스페셜하게 보내야 하는 거 아니야?"

"내일 학교서 스페셜한 계획 짜보자고."

민지와 나는 웃으면서 먼저 뒤돌아섰고, 민지도 엄마와 만나기로 약속했다며 마트로 간다고 해서 서로 반대 방향으로 헤어졌다.

버스를 타고 집으로 가는 길에 창밖으로 바깥을 구경했다.

한여름이 성큼 다가온 거리, 그 거리에서 만나는 짙은 초록색으로 눈이 행복했다.

초록빛으로 물든 세상 속에 오늘만큼은 마음이 가벼웠다.

그동안 여러 일로 내내 마음이 우울했다.

학원은 학원대로 의미 없이 왔다 갔다 했고, 학교에서 그림도 대충 그랬다.

마음에 돌덩이가 하나 있는 듯 무거우니, 무엇에도 집중하기가 힘들었다.

집에 도착하기까지 세 정거장이 남았을 때쯤 아이 손을 잡은 임신부 아주머니가 탔다.

함께 올라타는 아이는 네 살쯤 되어 보이는 꼬맹이고, 어린이집 가방을 메고 있었다.

아이는 내 앞자리가 빈 것을 보더니, 쪼르르 달려와 얼른 앉았다.

밖이 더워서 그런지 아주머니의 이마에는 땀이 송글송글 맺혀 있었다.

'자리 비켜 드릴까? 힘드셔 보이는데.'

'곧 내릴 텐데 내가 오버하는 걸까?'

고민하다 자리에서 결국 일어서고 말았다.

"저기, 여기 앉으세요."

"에고, 학생, 괜찮아요."

"아니에요, 저 곧 내려요. 힘드실 텐데 여기 앉으세요."

잠시 당황했지만, 아주머니는 곧 웃음을 띠면서 말씀하셨다.

"고마워요. 덕분에 편하게 가요."

"아, 아니에요."

얼굴이 빨개지는 걸 느꼈지만, 괜히 마음이 뿌듯해졌다.

내려야 할 정거장에 도착했을 때 꼬맹이를 향해 손을 흔들고 버스에서 내렸다.

집에 도착하자마자 패드를 꺼냈다.

한동안 손 놓고 있었던 이모티콘이 생각났다.

이모티콘 심사에서 떨어진 뒤 의기소침해져, 수정해서 그릴 엄두
가 나질 않았다.

친구들은 내가 이모티콘 플랫폼 심사에서 한 번 떨어진 줄 알지만,
사실은 두 번이다.

특히 두 번째 심사 제안을 보낼 때는 이슬아 작가님께 미리 보여드
리고 조언까지 받았기 때문에, 그때만큼은 정말로 될 거라 생각했다.

쪽팔려서 진짜 아무에게도 말하고 싶지 않았지만, 이슬아 작가님
께는 부끄럽고 죄송하다는 디엠을 남겼다.

두 번째 미승인 때는 좌절이 심해 포기하고 싶다는 생각이 자꾸만
들었다. 수정해서 재도전해야 하지만 좀처럼 생각대로 되지 않았다.

하지만 오늘은 어쩐지 다시 해보고 싶은 마음이 들어, 패드를 켜고
이모티콘 그리기 앱을 열어 그리다가 말았던 그림을 찬찬히 보았다.

그러고는 캐릭터를 과일로 수정하기로 결심했다.

과일 캐릭터의 표정과 동작을 더 다양하게 하고, 이모티콘 선의 굵
기를 조금 더 굵게 해보면 좋겠다는 이슬아 작가님의 두 번째 조언을
떠올리면서 엄청 공을 들여 다시 그리기 시작했다.

내가 제일 좋아하는 포도부터 수박, 복숭아, 딸기까지.

'맞다, 딸기는 여름 과일이 아닌가?'

'뭐 어때? 내 이모티콘이니깐 내 마음이지 뭐.'

과일 캐릭터 밑그림을 재빠르게 스케치한 뒤 레이어를 추가해 선을 따서 바로 외곽선을 그렸다.

과일 그림 속에 웃는 얼굴, 찡그린 얼굴, 화난 얼굴, 졸린 얼굴까지 해서 귀엽게 완성했다.

그림을 확대해서 채색이 꼼꼼하게 되었나 확인한 뒤 png 파일로 이미지 저장을 해두고, 카카오 이모티콘 스튜디오에 바로 업로드까지 끝내버리기 위해 플랫폼을 클릭했다.

한숨 고르고,

세 번째 제안이다. 이번이 제발 마지막이길……

10
제안상태 : 승인

미술 전시회 준비로 일주일간 학교에 가야 했다.

방학이라 스쿨버스가 없어 지하철을 타고 학교로 향했다.

역에서 내려 학교까지, 다시 그림을 그리는 실기 교실까지 가는데 땀이 이마를 타고 줄줄 흘러내릴 만큼 더웠다.

채민이와 나란히 앉아 반절 크기의 종이에 장미꽃을 대강 그리고 나서, 4B 연필로 외곽선을 따서 그렸다.

종이가 커서인지 책상에서 그리기가 너무 불편했는데, 소담이가 다가와 말했다.

"종이를 창문에다 테이프로 고정한 뒤에 이렇게 그리면 훨씬 편해."

그러면서 직접 채민이와 내 그림을 창문에다 붙여주었다. 생각지도 못한 방법이었다.

"소담아, 고마워. 너 아니었으면 내내 불편하게 그렸을 거야."

내가 멀뚱히 가만히 있자, 채민이가 내 옆구리를 쳤다.

"나도…… 나도 고마워."

소담이는 별거 아니란 듯 어깨를 한 빈 으쓱하더니 웃어 보였다.

웃는 소담이의 눈을 바라보는데, 기분이 이상했다.

뻘쭘한 느낌이 들어서 소담이와 마주친 눈을 피하고 말았다.

'소담이 웃는 얼굴을 이렇게 자세히 본 적이 있었나? 이 기분은 뭐야?'

어느새 점심시간이었다.

친구들과 급식을 먹은 후 걷다가 민지, 박똥을 만나 오전에 하지 못한 수다를 한참 동안 떨고는, 음료 자판기에서 콜라를 하나 뺐다.

콜라를 들고 친구들 눈치를 살피다, 주머니에 슬쩍 넣었다.

오후에는 종이에 그렸던 스케치를 따라 캔버스에 옮기는 작업을 했다.

선을 따라 그리는 작업은 생각보다 오래 걸리고 지루했다.

종이가 커서 옮기는 시간이 상당히 걸렸다.

다른 아이들도 힘이 드는지 다들 말이 없었다.

그때였다.

채민이가 가방에서 주섬주섬 뭘 꺼냈다.

초콜릿이 든 비닐 팩이었다.

"먹을래?"

"당근이지. 고마워."

애들이 우르르 몰려와 너도나도 손을 벌리며 초콜릿을 가져갔다.

입에 넣으니 달콤하게 녹으면서 호랑이 힘이 생기는 것 같았다.

더불어 용기도.

때마침 소담이가 내 옆자리를 지나가는 것을 보고 불렀다.

"소담아, 이거 마실래?"

"나 주는 거야?"

"어, 오전에 도와준 거 고맙다고."

"뭘 고맙기까지야. 암튼 고맙다. 잘 마실게."

무심한 듯 그렇지만 살짝 웃는 소담이의 모습이 이상하게 끌렸다.

난데없이 소담이와 친해지고 싶다는 생각이 왜 드는지, 내 마음을 나도 알 수가 없었다.

'정신 차리자. 김미소! 콜라 하나에 친해지자고 들이대면 소담이가 널 이상하게 생각할지도 모른다고.'

쉬는 시간에는 채민이와 칠판 앞에 섰다.

심심하던 참이라, 나란히 색분필을 들고 낙서를 하기 시작했다.

난 칠판 오른쪽 구석에 채민이 캐릭터 그림을 그렸다.

동그란 얼굴에 생머리의 귀여운 채민이를 그린 후에 다른 친구, 또 다른 친구도 칠판에 하나씩 그려나갔다. 그리다 보니 교실에 있는 애들을 모두 그리게 되었다.

누가 누구인지 알려주기 위해서 캐릭터 그림 아래 친구들의 이름도 썼다.

딱 한 사람을 제외하고.

그릴까 말까 사실 망설이긴 했는데, 애들이 칠판에 그려진 자기 캐릭터를 보면서 좋아하는 모습을 보니 소담이를 빼는 게 이상할 정도였다.

마지막 소담이 캐릭터까지 완성하고 나서 '짠' 하고 뒤를 보는 순간, 하마터면 소담이와 부딪힐 뻔했다.

"나도 그려주는 거야? 난 없는 줄."

"무슨 소리! 당연히 그려야지."

아이들이 자기 캐릭터 그림을 사진으로 찍으며 킥킥대는 사이, 소담이와 눈이 마주쳤고, 뭔가 알 수 없는 설레는 감정이 느껴졌다.

'오늘따라 왜 이러는 거지?'

오늘은 이모티콘 플랫폼에 세 번째 심사를 넣은 지 15일째 되는 날이다.

며칠 전부터 집에 오면 이메일을 확인했다.

이모티콘을 재수정해서 심사에 다시 넣은 뒤로는 집에만 오면 이메일을 확인하곤 했다.

지난번 이모티콘 제안 때보다 결과가 훨씬 늦게 나와 기다리기가 힘들었다.

이번에 정말로 내가 참을성이 부족하다는 걸 깨달았다.

오지도 않은 이메일을 기다리다가 괜히 새로고침을 몇 번이나 눌러 다시 보고, 혹시나 하는 마음에 10분 뒤 또 보고를 얼마나 반복했는지 모른다.

나만 이런 건가?

이전 메일의 '미승인' 단어를 볼 때마다 괜히 자신감이 뚝 떨어졌다.

이미 마음은 비운 상태였다.

애들에게도 민호에게도, 자포자기한 심정으로 이번에도 떨어질 것 같다는 말을 미리 해두었다.

그래야 떨어져도 덜 민망할 것 같았다.

민호는 떨어지면 어떠냐, 몇 번이든 날 응원한다고 했지만, 내가 괜찮질 않았다.

'너한테 너무 부끄럽단 말이야.'

🗨 채민　　떨어져도 다시 또 도전하면 되지 뭐! 그까짓 것!

🗨 민지　　그럼. 우리가 응원해 줄게! 미소씨 마니 사랑해~

🗨 박똥　　함께 응원한다!

🗨 나　　고마워, 그래도 나 떨린다.

친구들에게 마지막 카톡을 남기고 난 뒤, 휴대폰에 이메일 알림이

떴다.

운명의 시간과 마주하는 순간.

또 떨어졌다고 생각하는 게 마음 편할 것 같다는 심정으로 이메일을 확인했다.

승인되었습니다.

안녕하세요.

카카오 이모티콘 스튜디오입니다.

좋은 제안 주시고, 심사가 진행되는 동안 기다려주셔서 감사합니다.

제안 주신 이모티콘 시안이 승인되었습니다.

함께 좋은 상품을 만들어나갈 수 있어 매우 기쁘게 생각합니다.

승인된 제안의 상품화는 카카오 이모티콘 스튜디오에서 진행됩니다.

상품화 시작에 앞서 벼로 안내 메일이 발송되며,

신규 계약 체결이 필요한 경우 계약 담당자를 통해 연락드릴 예정입니다.

제안 시 등록하신 이메일을 통해 2주 이내 연락드리겠습니다.

카카오 이모티콘에 대한 깊은 관심과 애정에 다시 한번 감사합니다.

카카오 이모티콘 스튜디오 드림

제안상태: 승인

심사를 넣었던 이모티콘이 승인되어 상품화된다는 이메일이었다.

'세상에, 오 마이 갓! 나 합격한 거야? 어떡해, 어쩜 좋아!!'

너무 좋으니 어째야 할지 몰라 발만 동동 굴렀다.

'친구들한테 자랑부터 해야 하나? 아니, 민호에게 먼저 알려? 어떻게 하지?'

방 안을 왔다 갔다 가로질렀다.

고민하다 승인 이메일을 캡처한 뒤, 일단 내 인스타그램 부계정에 올렸다. 피드에 이슬아 작가님을 멘션 기호로 태그해서 공유도 눌렀다.

'이힛, 작가님이 보시겠지?'

뭐라고 하실까 너무 궁금했다.

집에만 있을 수 없어 일단 밖으로 나갔다.

8월의 뙤약볕도 괜찮았다.

지나가는 사람들 아무나 붙잡고, 내가 이모티콘 작가가 되었다고 막 자랑하고 싶어 미칠 것만 같았다.

그럼 정신 나간 사람으로 보려나? 뭐 어때? 난 좋아 죽겠는데.

편의점에서 시원한 음료수를 하나 사서 나온 후 벤치에 앉아, 경건한 마음으로 채민이와 민지, 박똥에게 카톡을 보냈다.

민호에게도 이모티콘이 승인됐다는 카톡을 남겼다.

곧바로 채팅방에는 난리가 났다.

🗨 **민지**	이럴 수가? 대단대단!	
🗨 **채민**	진짜? 와~ 우리 미소 드디어 해냈구나. 장하다.	
💬 **나**	고마워. 칭구들.	
🗨 **박똥**	그럼 미소 이모티콘 우리가 살 수 있는 거야?	
💬 **나**	금방 살 수 있는 건 아니고 :)	
	판매까지는 두 달 정도 걸리는 것으로 알고 있음.	
🗨 **민지**	나오면 내가 젤 먼저 사야지. 침 발라놨다.	
🗨 **채민**	으~ 드러. ^^ 미소야, 다시 한번 축하해.	
💬 **나**	니들밖에 없다. 고맙. 학교에서 내일 보자.	
	내일은 내가 쏠게. ㅋ	

그 사이 민호에게서도 전화가 왔다. 흥분한 목소리였다.

"미소야~ 진짜야?"

"진짜지. 그럼."

"축하해, 정말. 난 네가 해낼 줄 알았어."

"고마워, 민호야."

"이번 주말에 꼭 보자. 그냥 넘어가면 안 되지. 얼굴 보고 축하해야지."

"근데 민호야, 나 밉지 않아?"

"내가 널 왜 미워해?"

"자꾸 서운해하고, 연락도 잘 안 하잖아."

"난 네가 6학년 때부터 그래서 완벽 적응했잖아. 너한테."

"뭐? 야~"

"난 괜찮다는 뜻이야. 그런 사소한 것들로 너랑 다시 멀어지고 싶지 않아."

"너 가끔 멋지게 말하는 거 알아?"

"내가 원래 좀 그래."

"야~"

전화를 끊은 뒤 궁금해서 인스타그램도 확인해 보았다.

축하한다는 댓글이 무려 다섯 개나 달렸다.

하나는 이슬아 작가님 댓글이었다. 작가님은 따로 디엠도 보내주셨다.

읽는 내내 작가님의 따뜻한 말로 가슴이 벅찼다.

미소야, 너무 축하해.

이제 미소 작가님이라 불러야겠다.^^

그동안 열심히 노력했던 과정들이 미소에게 좋은 결과를 가져다준 것 같아.

미소야, 선생님이 진짜 좋아하는 유튜버가 있는데, 그분이 언젠가 이런 말을 하더라.

"목표 지점에 70%까지 온 것을 사람들은 실패라 부른다"라고.

미소를 보니 정말 이 말이 꼭 맞아. 실패의 과정이 있었지만, 다시 도전하니 이렇게 성공했잖아. 나머지 30%를 포기하지 않고 이루어낸 미소가 너무 대단한걸?

함께 기뻐.

♡뭐든 해낼 수 있는 씨앗인 미소 작가님에게 이슬아 선생님이♡

댓글은 네 개가 더 있었다.

우연히 알게 된 인친(인스타그램 친구)이 남긴 댓글이 세 개였고, 한 명은 누구인지 알 수 없었다.

다시 확인하니 '다미'라는 계정의 그 팔로워는 몇 개밖에 되지 않는 내 피드에 모두 '좋아요'를 눌러주었다. 그동안 눈여겨보질 않아서 내가 몰랐을 뿐.

누구지? 그 순간 다미님이 디엠을 보내왔다.

축하해요.

감사합니다♡ 다미님

근데요, 궁금해서요.
혹시 제가 아는 분이세요?

앗, 제가 말을 안 했군요,
저 예성학교 다니고 있어요. 같은 2학년.

몰랐어요.:) 반가워요.

그럼 우리 만날까요? 다미님이 너무 궁금해요.

그건 좀 곤란해요. 미안해요.
절대 님 보기 싫어서 그런 건 아니니 오해하지 마세요.

네:) 나중에 마음 바뀌면 말해요.

그럴게요. 다시 한번 축하해요.

'누구지? 우리 학교 2학년 중에 내가 모르는 '다미'님이 누구인 거야?'

아는 친구들을 떠올려봤지만, 누군지 짐작조차 가지 않았다.

채민이, 아니 민지인가? 생각해 보니 채민이랑 민지라면 벌써 알았을 거다.

매일 붙어 있는데 절대 모를 수가 없다.

누구야? 궁금하게. 미치겠네.

그래도 역시 승인은 짜릿했다. 큭~

수상한 이모티콘, 꿈은 이루어진다

11
고마워, 소담아

미전 준비 마지막 날이다.

처음 도전해 보는 한국화라 어려울 것 같아 걱정했지만, 시간이 지날수록 요령이 생겨 걱정보다는 잘 마무리되었다.

그래도 채색하는 과정은 쉽지 않았다.

반절 사이즈 종이라 마무리하는 데 시간이 걸렸기 때문이다.

어제는 종일 색칠만 하니 온 팔이 떨어져 나갈 듯 아팠다.

"오, 웬일로 모자를 쓰고 왔냐?"

"비밀인데, 나 오늘 완전 귀찮아서 머리 안 감았음."

"냄새난다. 저리 좀 가줄래?"

"야, 하루 안 감는다고 냄새 안 나거든!"

"얘들아, 김미소 머리 안 감아서 모자… 읍!"

"조용해라잉~"

황급히 채민이 입을 막았다.

방학 중에 마지막으로 등교하는 날이라 오늘은 정말 일어나기 싫었다.

억지로 일어나긴 했지만 몸이 말을 듣지 않았다.

침대에 앉았다 누웠다를 반복하는 동안 시간은 자꾸 흘러갔고, 결국 머리 감기를 포기했다.

하는 수 없이 모자를 쓰고 등교했는데, 채민이한테 딱 걸린 것이다.

그때 실기 교실의 문이 열리면서 우리 담임 선생님이 들어오셨다.

"선생니임~ 어떻게 오셨어요?"

"간만에 선생님 보니깐 반갑지? 얘들아~"

"우~"

"암튼 청개구리 녀석들, 오늘 미전 준비 마지막 날이라 선생님이 응원차 왔지. 점심시간 전까지 다들 채색 마무리하고, 다 한 사람은 1층에 내려와서 전시에 쓰일 액자 맞출 거야. 선생님은 1층에서 기다릴게. 다 알아들은 거지?"

"네~"

"한 가지 더. 방학 동안 학교 나와서 미전 준비하느라 애썼으니, 오늘은 선생님이 햄버거 쏜다! 하교할 때 햄버거 가게에 들러서 반하고 이름 얘기하면 직원분이 햄버거 주실 거야."

"와~ 선생님. 감사합니다."

갑자기 채민이가 손을 번쩍 들고는 잠깐 나를 보는 듯하더니 말하기 시작했다.

"선생님, 근데 오늘 김미소가 쏘기로 한 날인데요?"

"미소가 왜?"

난 말하지 말라는 뜻으로 엑스자를 그리면서 간절히 사인을 보냈지만, 채민이는 아랑곳하지 않고 꿋꿋하게 말을 이어갔다.

"선생님, 미소가 이모티콘 심사에 붙었거든요. 그래서 오늘 친구들한테 한턱 쏘기로 했어요."

교실에 있던 애들이 모두 나를 쳐다봤다.

"와~ 미소 축하해. 그동안 열심히 준비했나 보네. 근데 선생님이 햄버거 가게에다 이미 너희들에게 줄 햄버거 값 계산해 놓았으니깐 오늘은 선생님이 쏘는 걸로 하자. 나중에 미소 이모티콘 팔리면 그때 미소가 쏘는 거 어때? 괜찮지, 미소야?"

"네……."

선생님은 나가시다가 말고는 갑자기 뒤돌아, 나에게 엄지척을 해 주셨다.

부끄러움에 순간 얼굴이 달아올랐다.

"갑자기 선생님 앞에서 그런 말을 하면 어떡해? 쪽팔려 죽는 줄."

"내가 또 이렇게 자랑해 주면 좋잖아. 안 그래?"

그래, 좋아 죽겠다. 으이구.

그룹채팅방 카톡 알람이 울렸다.

채민이와 동시에.

> 🗨 **민지**   점심 먹은 후 우린 도예 사진 찍는데. 1층 로비 쪽으로
>   오라는데?
>
> 🗨 **박똥**   니네는 어떠냐?

채민이와 난 서로 마주 보았다.

웃긴 일도 아닌데 채민이는 웃었다.

요즘 채민이는 박똥, 아니 동찬이 말이라면 좋아 죽겠다는 표정이
었다.

이 와중에 멀찌감치 앉아 있는 소담이가 이상하게 마음에 걸렸다.

친구들에게 답톡을 넣는 중이었다.

> 💬 **나**   우리도 그림 액자 맞추러 그때 내려감.
>
> 🗨 **채민**   그때 보자. ㅋㅋ
>
> 🗨 **민지**   좋아좋아. ^^

"채민아, 근데…… 소담이랑 같이 내려갈까? 액자 맞출 때 말이야."

"뭘 그렇게 소심하게 물어보냐? 박소담, 액자 맞출 때 같이 갈래?"

"좋지."

채민이도 소담이도 쿨하게 서로 묻고 답했다.

'내가 소심한 거야? 아니, 뭐가 이렇게 쉬워?'

그래도 난 뭔가 조심스러웠다.

우리 무리에 소담이를 데려오는 모양새가 애들에게 어떻게 비칠지, 속으로는 신경이 쓰이고 또 쓰였다.

1층 로비에서 만난 우리 다섯 명은 반가운 마음에 서로 손을 잡고 흔들고 난리를 쳤다.

누가 보면 안 본 지 오래된 줄 알 정도로 말이다.

물론 박똥 손은 채민이가 잡고 격하게 흔들었지만.

"어어, 조심조심. 잘못하면 작품 깨져. 그럼 매우 곤란하다. 신채민."

"알고 있다고."

"학교에서 좋아하는 티를 저렇게 낸다. 적당히 해라."

민지의 타박에도 아랑곳하지 않고 채민이는 박똥의 손을 놓지 않았다.

소담이와 난 어이가 없어 마주 보고 웃을 뿐이었다.

별거 아닌 이 모습이 좋다.

좋으면 좋은 티를 내고, 또 그 마음을 받아주는 친구들이 곁에 있는 게 그냥 좋았다.

'소중한 내 친구들, 너희들이 있어 참 다행이야.'

우린 선생님이 사주신 햄버거까지 먹고 나서도 헤어지기 싫어, 제법 늦은 시간까지 떠들고 놀았다. 종일 붙어 있었지만, 수다가 1초도 끊이지 않았다.

소담이가 오늘처럼 말을 많이 하는 모습도 처음 봤다.

늘 조용히 자기 할 일을 묵묵히 하던 아이가 저렇게 말이 많을 줄이야!

마치 늘 놀던 사이처럼 어색하지 않게 소담이와 어울리게 되어서 다행이라는 생각이 들었다.

친구들과 헤어지고 지하철역에 막 도착했을 무렵이었다. '다미님'으로부터 인스타그램 디엠이 왔다.

우리… 만나면 어때요?

너무 좋아요.
다미님:) 지금 어디예요?

학교 근처에 있어요.

대박~ 나도 학교 근처인데.

수상한 이모티콘, 꿈은 이루어진다

그럼 학교 앞 공원에서 봐요.

지금 바로 갈게요.^^

네, 거기로 갈게요.^^

갑자기 다미님의 디엠을 받으니 어쩔 줄 모르겠다.

인스타그램에서 지지해 주고, 응원해 주던 다미님이 날 만나자고

하다니!

어제부터 계속 이렇게 좋은 일들만 내게 생기는 것이 신기하기만

했다.

학교 앞 공원에 도착했을 때는 벌써 해가 저물고 있었다.

매미가 시끄럽게 울어댔지만, 매미 소리보다 아마 쿵쿵대는 내 심

장 소리가 더 컸을 것이다.

손에서 자꾸만 땀이 났다.

'왜 이렇게 떨리는 거야?'

멀리 누군가의 모습이 보였다.

해 질 녘 벤치에 앉아 발을 까딱거리는 실루엣이 이상하게 낯설지

않았다.

'어? 누구……?'

"미소야!"

"아직 집에 안 갔어?"

"그게…… 있잖아……."

"있잖아, 뭔데. 설, 설마 다미님이 소담이 너였어?"

"응, 나야. 놀랐지?"

"야~ 어떻게 이럴 수가 있냐? 진짜 놀랐다. 어쩌면 그렇게 말을 안할 수가 있어?"

말은 그렇게 했지만, 웃음만 나왔다. 어이없음과 반가운 마음이 교차했다.

"나라는 거 알면 어쩌면 네가 싫어할 수도 있겠다 싶어서 그동안말을 못 했어."

"소담이, 너 진짜. 야, 너……."

"많이 황당하지? 반응 보니깐 진짜 내가 놀라게 한 것 같다. 그동안숨겨서 미안해. 처음에는 말할 생각이었는데, 자꾸 시기를 놓치다 보니 말하기가 더 힘들었어."

소담이는 어쩔 줄 모르는 것처럼 두 손을 맞잡았다 놓았다 하고 있었다.

"그랬구나, 암튼 진짜 놀랐어. 세상에, 다미님이 너였다니. 그러고보니 다미라는 닉네임 보면서 네가 아닌지 한 번은 생각했어야 하는데. 게다가 같은 2학년이라고도 했는데 말이야."

소담이는 자신의 옆자리를 손으로 탁탁 치면서 벤치에 앉으라는시늉을 했다.

일부러 입으로 피식 소리를 내면서 주저앉아 소담이를 보며 크게 웃었다.

소담이도 따라 웃었는데, 결국 서로 마주 보면서 이전보다 더 크게 깔깔대면서 웃었다.

분명 어이없는 상황인데 웃음만 났다.

"진작 얘기했으면 더 빨리 친해졌을 텐데, 그동안 왜 말을 안 했던 거야?"

"그런가? 난 오히려 반대로 생각했는데. 다미가 나라는 걸 밝히면 너랑 더 멀어질 것 같은 생각이 들어서 말하기가 어려웠어. 그렇게 시간이 지나다 보니 점점 더 말하기가 힘들었고. 그리고 넌 채민이랑 민지와 이미 친한데 내가 끼어들면 불편하지 않을까 싶기도 했고. 난 부담스러운 존재가 되긴 싫거든."

소담이는 조심스러웠나 보다.

하긴 소담이가 처음 말 걸었을 때 인상을 확 쓰면서 까칠하게 대했던 내 모습이 스쳐 지나갔다.

"난 처음부터 너랑 친해지고 싶었는데, 이상하게 말 걸기가 힘들더라. 알다시피 난 극 I잖아. 기껏 처음 건네는 말이 호박꽃 같다는 말이나 내뱉어서 널 기분 상하게 했다는 생각에 다시 말 걸기가 힘들더라고."

"그때 난 네 생각만큼 기분 상하진 않았는데."

"그랬구나. 아무튼 그 뒤로 영 말 붙일 자신이 없었어. 그런데 또 네가 인스타그램에 올리는 이모티콘 그림을 보니 친한 척하고 싶고. 그래서 몰래 '좋아요'나 누르고 있었지."

"근데 오늘은 왜 밝히기로 한 거야?"

"생각보다 내가 널 많이 좋아하더라고."

"사랑 고백하냐?"

'풋' 하는 내 웃음소리와 함께 침까지 튀었지만, 소담이는 진지하게 말을 이어갔다.

"뭐, 고백의 일종이지. 널 오랫동안 지켜봤고, 이제는 조금 더 다가가고 싶다는 생각이 확실히 들었거든."

그동안 소담이는 얼마나 이 말을 내게 하고 싶었을까?

민지와 채민이가 말했던 것처럼, 소담이가 날 쳐다보는 것 같다는 얘기는 그냥 느낌이 아니었다.

오랫동안 소담이는 진심으로 내게 다가오길 바랐고, 오늘 그 마음을 보여주었다.

내가 이런 마음을 받을 자격이 있는 사람일까?

그런데도 다가와준 소담이가 너무 고마웠다.

"소담아, 고마워. 마음을 열어주고 또 솔직하게 말해줘서."

소담이의 따스한 손을 잡았다.

"내가 고마워해야지. 네가 그 마음을 받아줬잖아."

"그런 거야?"

우린 서로를 마주 보며 말없이 웃었다.

"근데 나 너랑 친해지면 꼭 하고 싶었던 거 있는데."

"뭔데? 말해봐."

"너희들 자주 가던 떡볶이 가게에 나랑 가줄 수 있어?"

"하고 싶었던 게 떡볶이 가게에 가는 거란 말이야? 에휴, 그게 뭐라고. 진작 말하지."

"그러게. 그게 뭐라고 말하기 힘들더라. 난 진짜 같이 가고 싶었거든."

"지금 가자. 당장!"

"정말?"

해는 다 져서 벌써 어스름이 내려앉기 시작했다.

뜨거웠던 한여름의 해가 지고 시원한 바람이 불어와 소담이의 단발머리 아래 머물렀다.

"그 떡볶이 가게 닭강정도 끝내주는데. 안 먹어봤지?"

"응. 궁금하다. 어떤 맛인지."

"쿨피스는 또 얼~마나 맛있게요."

소담이는 목젖이 보일 만큼 크게 웃었다.

소담이의 웃는 모습에 이상하게 보람이가 잠시 생각났다.

왜 그런지는 알 수 없었다.

'고마워. 다가와줘서 고맙고, 네 마음 보여줘서 고마워. 그리고 웃어줘서 고마워. 소담아……..'

12
가을 미술 전시회와 1,000일

개학을 하고 2학기가 시작되었다.

낮에는 덥지만 저녁에는 시원한 바람이 불기 시작했다.

학교 주위를 따라 가을꽃이 피어났고, 이름 모를 들풀이지만 하얀 꽃잎들이 바람에 한들거리는 모습이 앙증맞아 보였다.

가만히 보니, 줄기에 조그마한 무당벌레가 하나 있었다.

손이 저절로 거기로 가는 순간, 누군가 내 어깨를 짚었다.

"뭐해?"

"깜짝이야. 박소담! 이상하게 예전부터 꽃 보고 있으면 온단 말이지."

"누가? 내가?"

"그래, 니가!"

생각해 보니 이슬아 작가님이 오던 날, 그날의 나와 소담이와는 많이 달라져 있었다.

"이건 개망초야. 우리나라에서 가장 흔하게 볼 수 있는 귀화식물 종이지. '화해'라는 꽃말을 지녔대."

"꽃말까지 알아? 대단한데?"

"꼭 우리 사이 같지. 화해라니."

"우리가 언제 싸웠냐?"

"아, 그런가?"

9월 14일, 드디어 방학 동안 준비했던 가을 미술 전시회가 열리는 날이다. 우리가 그렸던 한국화는 본관 1층에 전시된다.

생각만 해도 떨려왔다.

미전 당일은 학교에 주차할 장소가 좁으니 꼭 직접 오지 않아도 된다고 엄마에게 말했지만, 엄마는 그러면 버스를 타고 오겠다고 하셨다.

굳이 꽃다발까지 들고 오시겠다며 말이다.

오늘은 수요일이라 민호는 우리 학교에 오기가 힘들다.

서운하지만 대신 사진을 많이 찍어서 보내겠다고 민호에게 말해두었다.

강당에서 지루한 기념식 행사 후 본관 현관에서 테이프 커팅식이 있었지만, 너무 많은 사람에 가려 보이지도 않았다.

그래도 겨우 엄마를 만나서 꽃다발을 받고 내 작품 앞에서 사진을 찍었다.

그때 1학년 후배들이 우르르 다가와 예쁘게 포장된 장미꽃을 한 송이씩 건네주었다.

"언니들, 그림 너무 멋져요."

"고마워."

채민이와 소담이, 난 서로 마주 보면서 웃었다.

언니라는 말에 오글거리면서도 기분은 좋았다.

미전이 끝날 무렵 우리들의 영혼의 장소 떡볶이집에 가기 위해 그룹채팅방에 카톡을 남겼다.

> 📄 **나**　　20분 뒤 떡볶이 가게로 출동 바람.
>
> 💬 **소담**　　고고!

빛의 속도로 박똥과 민지의 답톡이 왔다.

> 💬 **박똥**　　오케이.
>
> 💬 **민지**　　기다렸음.ㅋㅋ

우리 다섯 명은 학교 정문을 나오면서 다짜고짜 엄마에게 꽃다발을 맡겼다.

"엄마, 저희 꽃다발 좀 들고 가주시면 안 될까요?"

"이걸 다?"

고개를 끄덕이는 채민이, 소담이와 나를 보더니 엄마는 웃으셨다.

받은 꽃다발을 떡볶이집에 가겠다고 내팽개치는 모습에 어이가 없으셨나 보다.

"엄마, 우리 가."

"후배들에게 받은 꽃을 아줌마가 이렇게 갖고 가도 되는 거야?"

"네~"

"아이고, 모르겠다. 이제 이 꽃은 다 내 거다!"

엄마에게 손을 흔들고 돌아서는 순간이었다.

"참, 친구들이랑 떡볶이 사 먹을 돈은 있는 거야? 엄마가 줘?"

내가 대답할 새도 없이 재빨리 소담이가 엄마에게 달려갔다.

돈까지 넙죽 받는 소담이를 보며 채민이와 난 웃음이 났다.

근데 엄마가 소담이에게 무슨 말을 하고, 소담이는 수줍게 웃어 보이는 것이었다.

난 엄마에게 한 번 더 손을 흔들고는 우리 쪽으로 달려온 소담이에게 물어봤다.

"우리 엄마가 뭐라고 했는데 웃은 거야?"

"'소담이는 듣던 대로 참 예쁘게 생겼네'라고 하시던데?"

민지가 장난스럽게 받아쳤다.

"혹시 나보고는 예쁘다는 말씀 없으셨고?"

"전혀~"

소담이는 눈웃음을 지으면서 날 바라보았고, 우리는 그저 함께 웃을 뿐이었다.

떡볶이집에 도착한 우리는 언제나처럼 빠르게 메뉴를 정했다. 박똥이 주문을 하고, 채민이가 재빠르게 휴지를 깔고 수저를 세팅했다. 그리고 민지가 물컵을 갖고 오는 모습에 소담이가 물었다.

"너네 너무 착착인데. 난 뭘 해야 되는 거야?"

"음, 컵에다 쿨피스 따라주면 되겠네."

"굿 아이디어~!"

민지의 마지막 말에 우린 빵 터졌다.

그때 인스타그램 디엠이 왔다.

아까 미전 사진을 올렸는데, 이슬아 작가님이 그걸 보고 메시지를 보내신 것이다.

> 미소야, 미전 작품 너무 멋져. 축하해.^^
> 이모티콘 승인도 그렇고, 미소가 노력한 만큼의 결과들이 나와서 선생님도 뿌듯한 마음이야.

작가님은 내 미전 작품 장미꽃 그림에 '좋아요'를 누르고, 이렇게 메시지도 보내주셨다.

"와, 작가님이 직접 디엠 보내신 거야? 미소는 좋겠다. 작가님하고 계속 연락하고 있었구나?"

내가 이슬아 작가님과 연락하는 걸 몰랐던 소담이는 놀라워했다.

"자주는 아니고 가끔. 이번에 이모티콘 승인 난 것도 중간중간 작가님이 도와줘서 쉽게 끝냈던 거야."

"참, 말 나온 김에 다시 말할래. 이모티콘 승인 축하해."

"야, 그럼 오늘 김미소가 쏘면 되겠다. 쏘기로 약속했는데, 그치? 얘들아~"

박똥이 내 눈치를 보면서 말했다.

난 얄밉지 않은 듯 눈을 살짝 흘기며 대꾸했다.

"오늘은 내가 쏜다. 엄마가 준 돈이지만."

우리의 시간은 쿨피스처럼 달콤했다.

아이들과 헤어진 후 민호를 만나러 갔다.

지하철을 타고 우리 집 근처로 향했다.

드디어 도착해 출입구로 올라가면서 계단을 세어보았다.

'이제 열 계단만 더 올라가면 민호가 보이겠지? 하나, 둘, 셋…… 아홉…….'

"미소야! 여기."

"응."

언제나처럼 환하게 웃고 있던 민호를 보니 그간 미전으로 긴장했던 마음이 녹아버렸다.

민호가 내민 손을 잡고 익숙하게 민호의 왼쪽에 섰다.

"잘 끝났어?"

"그럼~ 내가 누군데."

"방학 때 미전 때문에 미쳐버릴 것 같다고 매일 징징댔던 애는 어디 갔냐?"

"치."

"아무튼 잘 끝났으니 다행이다. 그럼 이제 조금 있으면 입시 준비 들어가겠네."

"에휴, 그러게. 참, 나 대박 사건이 있었잖아. 글쎄 이슬아 작가님이 내 미전 사진에 '좋아요'도 눌러주시고, 축하한다는 디엠도 보내신 거 있지? 봐봐, 이거."

민호에게 인스타그램을 보여주는 순간, 아차 싶었다.

그동안 민호에게는 감춰왔던 부계정까지 같이 한꺼번에 보였다.

오 마이 갓! 정신 좀 챙기자, 김미소!

재빠르게 원래 계정을 누르는 순간.

"언제까지 나한테는 비밀이야?"

"뭐?"

"언제까지 부계정 나한테 비밀로 할 거냐고?"

"야. 너~"

민호의 어깨를 세게 한 대 쳤다.

"이씨, 너 알고 있으면서 왜 말 안 했어?"

"너도 말 안 했잖아."

"그래도 그렇지. 알면 안다고 말을 해야지. 너 진짜……."

"네가 이모티콘 그림을 올리는 계정이고, 아직은 내게 말하기 힘든가 보다 싶어서 난 기다렸는데."

"……그랬구나. 내가 미안해야 하는 거지?"

"미안하기는."

난 미안하다는 말과 고맙다는 말 대신 민호의 손을 가만히 잡았다.

역시 민호의 손은 따뜻했다.

디엠 알림음이 다시 울렸다.

미소야, 장미꽃 그림 정말 예뻐. 너무 잘 그렸다. 사진 속에서 너랑 친구들이랑 활짝 웃는 모습 보니깐 나까지 기분이 좋아졌어. 네 모습 사진으로 이렇게 보고 있을게. 잘 지내.^^*

보람

"보람이랑 아직 연락 주고받는 거야?"

'보람아. 넌 이렇게 날 지켜봐 주고 있구나. 나도 네가 많이 보고 싶은데…….'

코끝이 찡해지려 해 일부러 고개를 세게 끄덕였다.

"우리 미소, 인기가 너무 많아졌어. 이모티콘 작가도 되고. 빵 뜨고 나 모른 척하면 안 돼."

"무슨 그런 말을."

눈물이 나려는 내 마음을 알았는지 민호가 일부러 싱거운 소리를 했다.

"이제는 보람이에 대한 네 마음이 어떤지 물어봐도 돼?"

"글쎄, 보람이는 계속 내 마음에 있을 거야. 근데 이상해. 학폭 사건 직후에는 보람이를 생각하면 여기 심장이 터질 듯이 아팠는데, 이제는 그때만큼은 아닌 거 있지? 내 마음이 변했나 봐. 나 나쁘지……."

"그게 당연한 거야."

"그렇게 아팠는데, 나도 모르게 희미해지는 마음이 들어 왠지 보람이에게 미안한 생각이 들었어. 보람이를 생각하는 내 마음은 그대로인 것 같은데."

"보람이는 아마 네가 계속 자기 때문에 슬퍼하길 바라지 않을걸?"

"정말 그럴까? 그냥 내 마음 편하기 위해 그렇게 생각하는 건 아닐까 하는 생각에 죄책감도 들었어, 솔직히. 그래도 한 번씩 이메일이나 디엠을 보내는 걸 보면, 이제는 보람이도 조금 괜찮아 보여서 마음이 좀 놓이는 것도 사실이야."

"그럼. 보람이는 괜찮아질 거야. 마음이 강한 친구잖아."

"맞아. 보람이를 믿어볼래. 덕분에 한결 가벼워졌어."

민호가 잡고 있던 내 오른손을 놓고 날 살짝 돌려세워서, 어느새 우린 마주 보는 자세가 되었다.

6학년 때보다 훌쩍 커진 민호의 얼굴을 보려니 이제 내가 얼굴을 들어 올려야만 했다.

가만히 민호가 내 얼굴을 쳐다보는데, 가슴이 떨려왔다.

'내가 그토록 기다려왔던 순간이 드디어 온 거야?'

'눈을 감아야 하나 말아야 하⋯⋯.'

촉.

이마에 민호의 입술이 가볍게 와닿았다.

'어떡해. 떨려서 미칠 것 같아.'

"오늘 우리 1,000일이야. 알고 있었어?"

"아? 잘⋯⋯ 몰랐어."

민호와 마주 본 채 손을 잡았다.

너무 떨려서 눈을 맞추고 있기도 어려웠다.

"6학년 때부터 사귀었잖아. 그땐 어려서 기념일 같은 거 못 챙겼잖아."

"나는 생각도 못 했는데⋯⋯. 미안해."

"미안하긴⋯⋯ 진작 뽀뽀하고 싶었는데, 네가 싫어할까 봐."

"절대 아니야!"

대놓고 '절대'란 말을 너무 크게 했나?

민호가 웃었고, 난 민망함에 얼굴이 빨개져 고개를 숙이고 말았다.

"난 네가 좋아. 너무."

"나도. 너무너무 좋아."

"내가 더 좋아. 너무너무너무너어~무."

내가 어색해하지 않게 민호가 장난치는 모습이 좋았다.

"저녁 뭐 먹으러 갈까? 네가 좋아하는 떡볶이?"

"아까 낮에 애들이랑 먹었어."

"그럼 뭐 먹지?"

민호가 내민 손을 잡고 천천히 걸으며 눈을 들어 하늘을 바라보았다.

노을 진 하늘이 예쁘게 물들고 있었다.

가을 저녁 바람에 아파트 둘레를 따라 핀 코스모스와 개망초가 한들한들 춤을 추면서 좋은 향기가 났다.

내 마음도 향기가 피어오른 듯 꽉 차올랐다.

김미소 작가님, 유튜브에 출연하다

'헐, 대박!'

미소야, 잘 지내지?

선생님이 미소를 선생님 유튜브에 초대하고 싶은데, 어떨까? 부모님과 상의 후 가능하면 선생님께 메시지 줄래? '중학생, 이모티콘 작가가 된 이야기'로 영상을 찍으면 좋을 것 같아. 연락 기다릴게.

이슬아 작가님이 보낸 디엠을 보자마자 난 방문을 열고 엄마 방으로 뛰어갔다.

"엄마, 엄마!"

화장실에서 머리를 막 감고 나오던 엄마는 어리둥절해서 날 쳐다봤다.

"얘가 일요일 아침부터 왜 이리 호들갑이야? 뭔데?"

"엄마, 있잖아, 글쎄!"

"숨 넘어가겠네. 빨리 말해. 엄마 약속 있어."

엄마가 헤어드라이어를 집어 드는 순간이었다.

"나 유튜브에 출연해도 돼?"

"뭐?"

놀란 엄마는 헤어드라이어를 떨어뜨릴 뻔했다.

침대에 앉아 책을 보던 아빠도 깜짝 놀라 날 바라봤다.

"이슬아 작가님이 유튜브 방송에 날 초대하겠대. 그래서 부모님의 허락이 필요하다던데?"

난 작가님이 보낸 메시지를 아빠에게 보여주었다.

혹시나 안 된다고 할까 봐 아빠 얼굴만 쳐다보면서 침을 꼴깍 삼켰다.

"난 괜찮을 것 같은데, 당신은 어때?"

의외로 아빠는 쿨하게 허락해 주셨다.

'엄마, 제발!'

나는 엄마를 향해 눈으로 말했다.

"나도 나쁘지 않은데, 근데 언제인데?"

'예스!'

"작가님께 정확한 날짜는 물어볼게. 엄마, 아빠 땡큐."

"그래 물어보고 알려줘. 어른들이 일하는 곳에 아직 미소 혼자 보낼 순 없으니 엄마랑 같이 가자."

"응."

"나도 같이 가면 안 되나?"

아빠가 진지하게 말하는 게 웃겨서 난 고개를 끄덕이면서 웃었다.

며칠 뒤 이슬아 작가님이 대여한 스튜디오로 엄마와 함께 갔다.

감기에 걸린 아빠는 다른 사람에게 옮기면 민폐라며, 못내 아쉬운 표정으로 잘 다녀오라고 배웅해 주셨다.

가기 전에는 별생각이 없었는데, 스튜디오에 도착해 작가님께 큐시트를 받는 순간 긴장감이 확 몰려왔다.

방송 진행 순서를 적은 종이라고 했는데, 꽤 두꺼웠다.

방송 분량은 20분 정도라고 들었지만, 종이의 두께는 책 한 권 정도는 돼 보였다.

큐시트를 두 손으로 쥔 채 피디님이 권하는 의자에 앉았다.

"리허설이니깐 미소 학생은 대본 보면서 편하게 말하면 돼요."

"네."

"자, 그럼 시작하겠습니다. 큐~"

이슬아 작가님이 눈을 마주치면서 찡긋 웃어주셔서 나도 모르게 피식 웃음이 나더니 긴장감이 조금 누그러졌다.

"안녕하세요? 구독자 여러분, 오늘은 특별한 게스트 한 분을 모셨는데요. 바로 중학생 이모티콘 작가 김미소 작가님을 모시게 되었습니다. 인사해 주세요."

"안녕하세요? 김미소입니다."

"만나서 너무 반가워요. 미소 친구는 저와 인연이 있어 이렇게 함께 하게 되었습니다. 제가 한 예술중학교에 진로 강사로 찾아갔을 때 만난 친구예요. 어때요? 이렇게 구독자분들을 만나게 된 소감을 들어보고 싶어요."

"너무 떨리는데요, 그래도 이슬아 작가님께 받은 도움으로 이모티콘 작가가 된 과정을 구독자님들께 잘 말씀드려 보겠습니다."

"와우, 우리 미소 친구가 얼굴도 예쁜데 말은 더 예쁘게 하네요."

피디님이 카메라 너머로 오케이 사인을 해주셨다.

엄마는 저 멀리서 이런 내 모습을 한 장이라도 더 사진으로 남기려고 연신 휴대폰으로 사진을 찍고 있었다.

우리 엄마는 정말 못 말린다니깐!

"그럼 우리 미소 친구는 언제부터 이모티콘 작가가 되고 싶었어요?"

"그림 그리는 걸 좋아해서 이모티콘을 혼자 그리곤 했는데, 이슬아 작가님이 저희 학교에 오시고 나서 본격적으로 꿈꾸게 되었어요. 작가님이 도와주시지 않았으면 이모티콘 작가는 아마 꿈도 꿀 수 없었을 거예요."

"미소 친구의 말에 제가 기분이 너무 좋은데요? 저희 구독자님들 중에도 미소 친구처럼 이모티콘 작가를 꿈꾸는 친구들에게 꼭 해주고 싶은 말이 있을까요?"

큐시트의 대본에 이 대답 부분은 비어 있었는데, 대신 '하고 싶은 말을 편하게 하면 돼요'라고 적혀 있었다. 크게 숨을 들이쉰 뒤 말하기 시작했다.

"전 작가님이 제게 해주신 '목표 지점에 70%까지 온 것을 사람들은 실패라 부른다'라는 말이 정말 오랫동안 기억에 남았어요. 제가 처음에 이모티콘 심사에서 떨어졌을 때 부끄러워서 포기하고 싶었는데요, 이상하게 자꾸만 머릿속에서 이모티콘 그림들이 떠나지 않았어요. 그래서 다시 도전했고, 또 도전해서 다행히 세 번째는 심사에 통과되었어요. 제가 겪어봐서 확실히 말씀드릴 수 있어요. 남들이 실패라 부르는 말에 좌절해 포기하지 않고 내 노력 30%를 더하면 바로 그것이 성공이라는 것을요."

"와, 너무 멋진 말이에요. 이 말은 사실 존경하는 유튜버님께서 제게 해주신 말인데요, 미소 친구에게 꼭 전해주고 싶었어요. 그런데 또 이 말을 미소 친구가 우리 구독자님들께 다시 해주네요. 이렇게 선한 영향력이 있는 말이 돌고 돌아 또 누군가의 마음에 오늘 닿았으면 합니다."

곧이어 피디님이 잠시 쉬었다 가자고 말씀하셨다. 그러고는 이슬 아 작가님과 내가 자연스럽게 잘 진행했으니, 이걸 그냥 방송용으로 쓰면 어떻겠냐는 말도 이어 하셨다.

헐, 대박! 긴장했던 것보다 너무 잘 마친 것 같아 기분이 하늘을 날 듯했다.

방송은 편집이 마무리되고 일주일 뒤에 공개된다는 피디님의 말을 듣고 스튜디오를 나왔다. 작가님은 밖으로 나와 엄마와 날 배웅해 주셨다.

유튜브 방송이 공개되는 날, 친구들은 이런 역사적인 날을 그냥 넘어갈 수 없다며 닥치고 모이자고 했다.

수요일, 다른 날보다 조금 이른 하교 시간이었다.

우리 다섯은 등나무꽃 아래 벤치에 쭉 앉았다.

바짝 당겨 앉아 서로 엉덩이가 닿았지만, 함께 휴대폰으로 유튜브를 보려면 어쩔 수 없었다.

영상이 시작되기 전부터 민지는 심장이 벌렁거린다면서 온갖 오버
를 다 떨었다.

채민이와 박똥은 화면을 뚫어져라 쳐다보았다.

"안녕하세요? 김미소입니다."

"야야~ 진짜 미소 나온다."

"어머, 어머."

"쉿! 조용히!"

소담이가 엄격하게 말하는 바람에 시끄럽던 애들은 모두 입을 다
물었다.

친구들은 영상 속에서 내가 말하는 부분만 나오면 나와 영상을 번
갈아 보면서 어쩔 줄 몰라 했다.

"제가 겪어봐서 확실히 말씀드릴 수 있어요.

남들이 실패라 부르는 말에 좌절해 포기하지 않고

내 노력 30%를 더하면 바로 그것이 성공이라는 것을요."

"미소, 와~ 대단한데. 내가 진짜 이런 말 잘 안 하는데, 이건 인정!"

박똥이 내게 쌍 따봉을 날렸다.

"할 말은 연습하고 간 거야? 우리 미소 씨는 어쩌면 저렇게 말을 잘

할까?"

"내가 원래 한 말빨 하지!"

소담이는 잠시 어이없는 표정을 짓더니 내 어깨에 슬며시 머리를

갖다 대었다.

"어? 박소담, 지금 미소한테 치대는 중?"

"응. 나 이제 미소랑 더 친해지려고. 유명 작가님이 될 건데. 그치?"

소담이의 말에 민지가 내 다른 쪽 어깨에 자기 머리를 들이밀면서

문질러댔다.

"나도 더 친해질래!"

"야야, 미소 어깨에 너희 둘 머리카락 냄새 다 배겠다. 떨어져라."

박똥의 진지한 말에 민지는 발끈했다.

"나 아침에 머리 감았거든. 냄새 안 나지, 미소야!"

"좀 나는 듯, 아닌가?"

"뭐래? 나 진짜 감았어. 소담아, 내 머리 냄새 맡아봐. 뭔 냄새가 난다는 거야?"

나는 이 상황이 너무 웃겼다.

그때 박똥이 자기 휴대폰을 내밀면서 다급하게 말했다.

"얘들아, 여기 봐봐."

"최근 학교폭력 논란으로 아이돌 활동을 중단했던 박보람 양의 사건이 재조명되고 있습니다. 지난 26일 사건 당시 같은 반이었던 보람 양 친구들이 SNS를 통해 논란이 되었던 학폭 의혹에 대해 진실을 밝힌다는 글을 남겼기 때문입니다. 해당 글은 온라인상에서 화제가 되면서 박보람 양의 사건을 재조사해야 한다는 의견이 빗발치고 있습니다. 해당 사건에 대해서 GMG 측은 재조사를 할 예정이며, 결과에 따라 박보람 양의 복귀 여부를 밝히겠다고 입장을 밝혔습니다. MBS 뉴스 이동경입니다."

"헐, 미소야. 이거 보람이한테 잘된 일일까?"

애들이 나를 쳐다봤지만, 쉽게 말이 나오지 않았다.

보람이는 이메일에서 이제 사람들 앞에 서는 게 무섭다고 말했다.

하지만 억울하게 논란에 휘말렸으니 진실이 밝혀져야 하지 않을까 하는 생각도 들었다.

"보람이를 믿어볼래, 난."

충분히 힘들었을 보람이가 더는 상처받지 않고, 하고 싶은 대로 했으면 좋겠다.

그 아이가 하는 대로 믿고 따르고 싶다는 생각뿐.

열다섯 살, 우리의 시간은 누구는 힘들게, 누군가는 행복하게 지나가고 있다.

하지만 그 끝에 어떤 씨앗이 틔워지고 어떤 나무가 될지 지금은 알지 못한다.

30%의 노력을 서로 지지하며 지켜볼 뿐.

"우리 이제 뭐 할까?"

"지금 머릿속에 딱 떠오르는 거!"

"당연하지! 가자!"

지금 우린 떡볶이 가게로 출동한다.

수상한 **이모티콘**, 꿈은 이루어진다